KB121218

로크미디어가
유혹하는
재미있는 세상

AMERICAN DREAM

아메리칸 드림

아메리칸드림 4

2015년 6월 15일 초판 1쇄 인쇄
2015년 6월 18일 초판 1쇄 발행

지은이 금선
발행인 이종주

기획 팀 이주현 이기헌
책임 편집 이정규

발행처 (주)로크미디어
출판등록 2003년 3월 24일
주소 서울시 용산구 원효로97길 46 5층
Tel (02)3273-5135 Fax (02)3273-5134
홈페이지 rokmedia.com E-mail rokmedia@empas.com

ⓒ 금선, 2015

값 8,000원

ISBN 979-11-255-8804-7 (4권)
ISBN 979-11-255-8800-9 04810 (세트)

AMERICAN DREAM

아메리칸 드림

| 금선 장편소설 |

CONTENTS

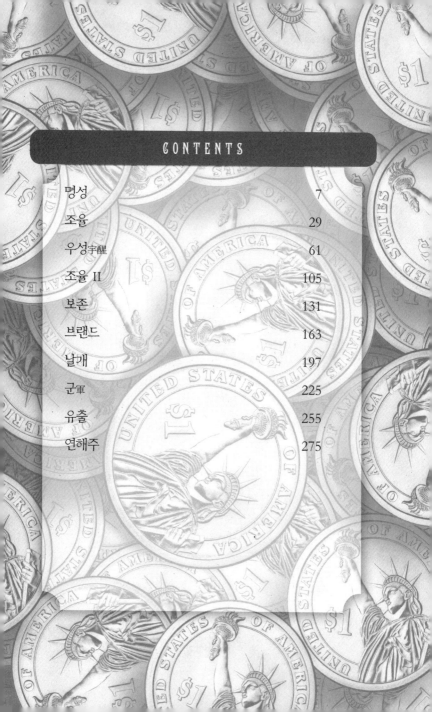

명성

　확실한 구출 작전을 위해서는 많은 인원이 이동해야 했는데, 평양헌병대의 상시 대기 인원이 5백 명도 넘었다.

　한꺼번에 이동하면 일본의 첩보에 걸릴 것이기에 작은 단위로 쪼개 움직여야 했고, 전투를 위해 무기도 지참해야 했기 때문에 걸림돌이 되는 것이 한둘이 아니었다.

　더군다나 사할린에서 평양까지는 가까운 거리가 아니었다. 육지로 이동한다면 상당한 시간이 소요될 것이기에 처음부터 채택되지 않았다. 결국 광복군은 남쪽 일본의 영역으로 이동하여 배를 타고 중국으로 가는 것을 계획했다.

　빠르게 상해까지만 간다면 충분히 시기를 맞출 수 있다는 판단이 섰기에 과감하게 움직이는 것으로 합의되었다.

북동항, 캐나다 국기를 단 배에서 부산스러움이 느껴졌다.

"상자가 얼마나 남았나?"

"저 밑에 쌓인 것이 전부입니다."

분주하게 움직이는 사람들을 뒤로하고 몇몇 사람이 대화를 나누고 있었다.

"미안하네."

"아닙니다. 괜찮습니다."

"젊은 사람들만 가는 것 같아서 마음에 걸리네."

순식간에 구출하고 탈출해야 하기 때문에 이번 구출 작전에 차출된 인원들은 가장 날쌔고 민첩한 이들이었다.

"하하, 이번에 고향 냄새도 맡고 좋지 않습니까? 너무 걱정하지 마십시오."

"흠……."

박용만은 넉살 좋게 말했지만 마중 나온 사람들의 근심을 사라지게 할 수는 없었다.

"정확히 한 달 뒤에 배가 갈 것이네. 꼭 시일을 맞춰서 건강하게 돌아오도록 하게."

"걱정 붙들어 매십시오."

"모든 작업이 완료되었습니다."

배 위에서 떠날 준비가 완료되었다고 소리쳤다.

"이만 가 봐야 될 것 같습니다. 몸 보중하십시오."

"꼭 돌아오게."

"하하, 저 죽으러 가는 것 아닙니다."

뱃고동 소리가 울리며 떠난다는 것을 알리자, 배 위와 항구에는 사람들이 빽빽이 들어섰다. 수많은 사람들이 똑같이 소리쳐 말한 것은 단 한 가지였다.

"대한 독립 만세!"

박용만이 이끄는 천 명의 사내들은 채응언을 구출하기 위해 돌아오지 못할지도 모르는 길을 떠났다.

🎩

순영은 변비를 앓고 있었다. 시원하게 쾌변을 보지 못해 이로 인해 신경이 예민해지기 일쑤였는데, 그런 그녀에게 드디어 배에서 짜르르한 느낌이 들며 신호가 왔다.

'아! 드디어!'

화장실에 들어가 상쾌하게 볼일 보려던 찰나, 어른 팔뚝만 한 무엇인가가 화장실 밑바닥을 휘젓고 있었다.

"꺄아아아아아아악!"

알 수 없는 생명체에 대해 겁을 먹은 순영은 소리를 질렀다.

"서방님!"

순영은 다급하게 명환을 찾았다.

"서방님, 화장실에 쥐가 있어요!"

이어서 소리를 질러 댔다.

"꺄악! 잡아 줘요! 빨리! 빨리요!"

아늑한 소파에 몸을 묻고 시간을 보내고 있던 명환은 아내의 비명에 화들짝 놀라 일어났다.

'쥐? 쥐!'

쥐를 잡기 위해 주변에 몽둥이를 찾아 들고 화장실로 가는 도중에 명환의 눈꼬리가 올라가기 시작했다.

"흐흐."

명환은 필기구를 들고 쪽지에 글을 쓰기 시작했다. 그리고 곧 순영이 있는 화장실의 문틈 사이로 쪽지가 넘어왔다.

급한 와중에도 명확하게 보이는 글이 순영의 눈에 들어왔다.

네 서방은 죽었다. 다음은 네 차례다.

-쥐 올림

분노는 공포를 이겨 냈다.

"이 인간이!"

"응?"

아메리칸
드림

대찬은 한참을 일하다가 어느 순간 보니 자신이 일을 마쳤다는 것을 깨달았다.

"이게 얼마만이야?"

항상 일에 치여 눈코 뜰 새 없이 바쁘게 살았다.

"확실히 일을 분담하니 줄긴 줄었나 보다."

능력이 되는 사람들을 추천받아 하나씩 사업체를 맡겼다. 그러고 나니 큰 줄기에 대해서만 대찬에게 보고가 들어오고 나머지 자잘한 사안들은 담당자들이 임의로 결정해 업무가 어느 순간 대폭 줄기 시작했다.

"주영 씨…… 아차, 덕원 씨."

주영과 지번 역시 때가 됐다고 판단하고 사업체를 하나씩 맡겼는데, 습관적으로 주영을 찾고 있었다.

"네, 사장님."

"오늘 일정은 어떻게 되나요?"

"특별한 일은 없습니다."

흔하지 않는 일이었기 때문에 대찬은 어떻게 시간을 보낼지 고민했다.

'일단 집으로 가자.'

"차를 대기시켜요."

"네."

집으로 돌아가기 위해 호텔 앞에 정차되어 있는 차를 타려 할 때 누군가 대찬을 애타게 불렀다.

"금산 선생!"

반가운 한국어에 고개를 돌려 보니 전혀 모르는 사람이었다.

"누구십니까?"

"아, 저는……."

가까이 다가오려던 사내를 경호원들이 막았다.

"수색을 해도 괜찮겠습니까?"

정중한 질문에 사내는 고개를 끄덕였다.

위험한 상황이 없었더라면 한인이라는 이유만으로 무사통과되었을 테지만 암살 사건 후에는 그 누구에게도 대찬의 곁을 쉽게 내주지 않았다.

수색이 끝나고 문제 될 것이 없다 판단되자 길을 열어 주었다.

"실례를 범해서 죄송합니다."

"아닙니다. 충분히 이해하고 있습니다. 저는 조병옥이라고 합니다."

"반갑습니다. 강대찬이라고 합니다."

"드디어 제가 소원을 성취한 것 같습니다."

"소원요?"

"네! 국내에 있으면서 항상 소문으로만 듣고 동경해 왔었습니다."

조병옥은 미래에서 평가가 갈리는 인물이었다. 이런저런

소문도 많고 따라다니는 의혹도 많았다. 하지만 대찬을 보며 반짝이는 눈이 진심임을 말하고 있었다.

"부끄럽네요. 제가 뭐라고……."

"선생님 덕분에 미국에 있는 한인들의 위상이 하늘을 찌른다고 들었습니다. 그리고 광복에 관심이 많아 아낌없는 지원도 하신다고요."

'가까이하기에는 힘들고 멀리하기에도 좀 그러네…….'

"마땅히 해야 할 일입니다. 그런데 무슨 일을?"

과분한 칭찬을 듣고 있기 힘들어 말을 돌렸다.

"이번에 와이오밍 대학교에 수학하러 왔습니다."

"그렇군요. 좋은 성과 있길 바랍니다."

"감사합니다."

"그럼 다음에 기회가 되면 또 뵙도록 하지요."

더 이야기를 나누고 싶어 하는 조병옥을 두고 대찬은 차를 타고 자리를 떠났다.

"저분에 대해서 자세히 알아보고 보고해 주세요."

덕원은 고개를 끄덕였다.

하루 일과를 빨리 마치는 경우는 이제껏 한 번도 없었기에, 뜻밖의 시간이 나자 대찬은 이 시간을 어떻게 써야 될지 고민했다.

'뭘 해야 잘했다고 소문이 날까?'

딱히 취미 생활이라고 해 봤자 수집하는 것이었다.

'참 재미없게 살았네.'

지금까지 사업을 일궈 내면서 아낌없이 시간을 투자했다. 어쩌다 짬이 조금 나면 피곤한 몸을 뉘이고는 했는데, 업무 부담이 많이 줄면서 피곤함도 꽤 줄었다.

"평범한 일상생활?"

대찬은 회귀 전 자신의 생활에 대해서 떠올려 봤다.

평일에는 훈련과 업무의 연속이었고 주말에는 쉬다가 동료들을 만나서 술을 마셨으며 집에 있는 시간에는 TV를 보거나 컴퓨터를 하면서 보냈다. 혹은 여자 친구가 있으면 여느 연인과 다를 바 없이 영화 보고 밥 먹고 카페에 가서 차를 마셨다.

'가만 보면 인생은 참 재미없어.'

쳇바퀴 돌듯이 자연스럽게 돌아가는 일상에서 벗어나는 일은 회귀 이전에도 후에도 없었다.

'아기를 가지면 인생이 달라진다고 했던가?'

진지하게 2세에 대해서 생각을 했다.

색다른 경험.

대찬은 자신을 닮은 아이를 가져 본 적이 없었다.

'너무 이른 거 아닐까?'

조금 더 지금과 같은 생활을 즐기고 싶은 마음이 들었는데, 결혼 역시 처음 겪는 일이었기 때문이었다.

혼자서 이런저런 생각을 하는 사이 저택에 도착했다.

아메리칸
드림

"어머! 벌써 퇴근했어요?"

어떻게 알았는지 엠마가 마중을 나왔다.

"일이 빨리 끝났어요."

방글방글 웃는 모습이 사랑스럽게 느껴졌다.

"외식할래요?"

"네!"

엠마는 대답이 끝나기 무섭게 후다닥 집으로 들어갔다. 차 한잔 마실 시간이 지나자 그녀는 곱게 화장하고 예쁜 옷으로 갈아입고 나와 외출 준비가 되었음을 알렸다.

"가실까요?"

손을 내밀자 엠마는 그 위에 살포시 손을 얹었다. 대찬은 그녀를 그대로 차로 인도했다.

1858년 사무엘 브랜넌Samuel Brannan이 만든 클리프 하우스라는 레스토랑이 있는데, 이 레스토랑은 샌프란시스코에서 가장 유명했다.

절벽 위에 유럽의 영주 성을 연상시킬 만큼 크고 화려하게 지어져 있었고, 태평양을 정면으로 마주 보고 있어 외관의 아름다움과 그 안에서 바라본 바다 경치가 좋았다.

"내리시죠."

기사 흉내를 내며 익살스럽게 장난을 걸자 엠마 역시 고개를 치켜들며 도도하게 대찬의 손을 잡고 사뿐사뿐 차에서 내렸다.

"고마워, Sir."

"모시게 되어 영광입니다."

두 사람은 장난을 치며 나란히 레스토랑으로 들어갔다.

"어서 오십시오, 미스터 강."

대찬을 맞이한 지배인이 자연스럽게 가장 좋은 창가 자리로 안내했다.

능숙하게 주방장 추천 요리를 주문하자 지배인이 물었다.

"와인은 어떤 걸로 드릴까요?"

"샤또 디켐Château D'quem."

와인을 잘 모르는 대찬은 엠마가 주문한 것만 멀뚱히 쳐다보았다.

"맛 좋은 1900년산이 있습니다. 그걸로 드릴까요?"

"네."

음식이 나오기 전에 와인 시음을 먼저 했는데, 이것 역시 지배인이 직접 시중을 들었다.

"아!"

먼저 시음한 엠마는 입에서 절로 나오는 감탄을 감추지 못했다. 반면 대찬은 한 모금 마셔 보곤 머리를 갸웃거렸다.

'이게 무슨 맛이야?'

"마음에 드십니까?"

"네? 네."

당황하는 모습을 보고 엠마는 살며시 미소 지어졌다.

"자기도 사람이었네요."

새로운 면을 발견했는지 신기해했다.

"왜요?"

"뭐든지 능숙하고 당당하게 행동하는 모습만 보여 줬잖아요."

"그랬나요?"

어깨를 으쓱이며 동의할 수 없다는 제스처를 취했다.

"결혼하고 나서 자기를 더 많이 알아 가는 것 같아요."

"나도 사람이랍니다."

식사 시간은 화기애애하게 이어졌다.

시간이 흐르고 아름답게 낙조가 펼쳐졌는데, 클리프 하우스가 명물인 이유가 바로 여기에 있었다. 태평양을 향해 정면으로 지어졌기 때문에 낙조가 아름답기로 소문난 곳이었다.

"좋네요."

"……네."

분위기에 취한 부부는 가장 아름다운 순간을 즐기느라 여념이 없었다.

식사가 끝나고 집으로 돌아가는 차 안.

"엠마, 와인 좋아해요?"

대찬은 엠마가 자연스럽게 와인을 즐기는 모습이 떠올라 물었다.

"네, 접할 기회가 많아서 가족들과 함께 자주 즐겼어요."

대찬은 와인을 보고 한 가지 생각이 났다.

'와인도 모으면 돈이잖아! 그리고 폼도 나고. 엠마가 좋아하니까…… 한번 모아 볼까?'

"엠마, 우리 와인 수집해 볼까요?"

"정말요?"

"와인 저장고를 만들어서 수많은 와인을 모아 봐요. 그리고 간간이 우리도 즐기고요."

"좋아요!"

와인을 수집하자는 제안은 즉흥적인 면이 많았다.

'뭐, 좋은 취미 하나 생긴 거지.'

일이 빨리 끝나 시간이 남았을 때 즐길 문화가 많지 않았기에 취미가 필요하던 차에 잘되었다고 생각했다.

"마시고 싶은 와인 있어요?"

"음…… 프랑스 샤또 슈발 블랑이 마시고 싶어요."

"좋아요. 당장 그것부터 구해 볼게요."

집으로 돌아가는 차에서 두 사람은 도란도란 이야기꽃을 피웠다.

"사장님, 지시한 보고서입니다."

"흠."

서류를 받고 천천히 읽기 시작했다.

"조선 개혁 공신의 명문대가 자손이고 숭실중학교 졸업,

아메리칸
드림

배재학교에서 공부했다. 이 외에 다른 정보는 없습니까?"

"알 수 있는 정보는 그게 다였습니다."

보고서를 읽으면서 그의 가족에 대해서 알 수 있었는데, 조병옥의 아버지 조인원은 기골이 장대하고 의협심이 강하여 불우한 사람들을 자주 도와주는 사람이라고 적혀 있었다.

'전혀 문제 될 것이 없네?'

불안한 마음에 조사까지 했지만 문제점은 하나도 보이지 않았다.

'광복 이후 정치를 했던 사람들에게 불신이 깊어서 그런가?'

회귀 전 근현대 역사에서 믿음직하지 못한 정치 행태를 많이 겪어서인지 광복 이후 유명한 사람은 되짚어 보고 싶었다.

'도통 믿음이 가야 말이지.'

뿌리 깊은 불신.

'광복이 되면 내가 살아 있는 한 그 꼴은 못 본다.'

대찬은 굳게 다짐했다.

와인을 수집하려는 생각을 하고 사방으로 알아보던 중에 대찬의 곡물 회사에서도 와인을 생산하고 있다는 사실을 알 수 있었다.

"이미 몇 년 전부터 나파 밸리에서 생산하고 있었네?"

굳이 관심을 갖지 않았기 때문에 뭐가 생산되는지는 일일이 알 수 없었지만, 좋은 작물을 생산하기 위해서 고용했던 육종가들이 나파 밸리의 기후에 관심을 갖더니 포도를 키우기 좋은 환경이라는 것을 알게 된 후에 세계에서 포도나무 품종을 수입했다고 했다.

"아직 개발 중이지만 향후 좋은 와인이 생산될 것으로 기대한다. 하하, 졸지에 좋은 포도 농장도 갖게 됐네."

예상하지 못했던 곳에서 즐거움을 느꼈고 앞으로 생산될 와인에 대해서 기대가 생겼다.

"이왕이면 질 좋은 와인을 만들면 좋겠다."

대찬이 와인을 수집하려는 이유는 엠마와 공유할 수 있는 취미가 가장 큰 이유지만 다른 한편으로는 재테크의 수단이 되는 것을 알기 때문이었다.

"일단 수집할 수 있는 와인부터 모아 보자."

지금 살고 있는 집에는 지하 저장고가 있는데, 가 보지는 않았지만 와인이 있다는 것을 들었다. 얼마나 있는지 궁금했기에 가 보았는데 몇 병 되지 않았다.

"흠, 뭐가 없네? 그나저나 여기다 모아도 상당한 양을 모을 수 있겠다."

와인이 없을 뿐이었지 차곡차곡 보관할 수 있게 신경 써서 만들어진 진열장이 쭉 늘어서 있었다. 가득 채운다면 족히 천 병 이상 보관할 수 있었다.

"자리가 부족하면 크게 하나 지어야겠다."

와인을 금방 모을 수 있을 거라 확신했는데, 와인의 생산지인 유럽은 전쟁의 포화 속에 있었고 사치품의 가격이 상당히 떨어진 상태였다. 그만큼 전쟁에는 많은 돈이 필요했는데, 현재 수출만 하고 수입을 전혀 하지 않아서 와인을 구한다고 넌지시 운만 띄운다면 가져와 팔 것으로 생각했다.

"귀하고 좋은 와인을 구하고 있어요."

흘러가는 말로 '툭' 하고 던졌는데, 신속하게 반응이 왔다. 수많은 와인들을 가져와서 대찬에게 판매했는데, 그중에서도 프랑스는 백 년 이상 된 와인을 판매하기 위해서 가져온 게 눈에 띄었다.

주섬주섬 하나씩 꺼내고 설명을 시작했다.

"샤또 라투르 1800년산입니다."

"샤또 라피트 1795년산, 1798년산, 1818년산 빈티지입니다."

'헉!'

언젠가는 백 년 이상 된 와인을 가질 수 있을 것이라고 생각했지만 생각보다 너무 빨랐다. 수량도 한두 병을 가져온 것이 아니라 적은 것이 서너 병이었고 많게는 박스 단위였다.

"좋습니다. 전부 다 구입하죠."

"저가품이 아닙니다."

전부 다 팔 생각으로 가져왔을 것이 분명했지만 저가가 아니라고 겁을 주었다.

"알고 있습니다. 병당 3천 달러, 어떻습니까?"

"그것이……."

만족스럽지 않다는 듯 말을 늘였는데, 왜 그러는지 충분히 예상할 수 있었다.

'뭐야? 더 비싸게 팔겠다는 거야?'

더 이상 가격을 지불할 생각이 없었기에 시큰둥하게 말했다.

"아니면 가져가세요."

중요한 회담도 아니었고 그저 취미 생활을 위한 수집에 많은 신경을 쓰고 싶지 않았다.

"아닙니다, 팔겠습니다! 총 일흔여덟 병입니다."

"좋아요. 덕원 씨."

부름에 덕원은 가방을 가지고 왔다.

"여기 있습니다."

프랑스인은 가방을 들고 나갔는데, 어깨가 축 처진 것이 힘없는 모습이었다.

'뭐야?'

이해할 수 없었지만 새로 구입한 와인에 대해서 만족했다.

'이따가 엠마랑 하나 따서 즐겨야겠다.'

좋은 와인을 같이 즐길 생각에 대찬의 표정은 밝았다.

"손님입니다."

"이번에는 누구입니까?"

최근 들어 한인들이 대찬을 찾아오기 시작했다. 이들의 목적은 단 한 가지였는데, 대찬과 교분을 나누려는 것이었다.

"조병옥입니다."

"또?"

조병옥이라는 이야기를 듣자 대찬의 고개는 절로 흔들렸는데, 처음 한두 번은 괜찮았지만 끊임없이 자신을 찾아왔기 때문이다.

"오늘은 바쁘니 다음에 보자고 전해 주세요."

"알겠습니다."

만나기를 거절하고 하루가 지나자 덕원은 대찬에게 다시 조병옥이 왔음을 알렸다.

"들어오라고 하세요."

대찬의 지시가 떨어지자 조병옥이 안내되어 사무실로 들어왔다.

"오늘은 무슨 일입니까?"

바쁘다는 것을 보여 주기 위해서 얼굴을 마주치지도 않고 말했다.

"아, 저, 그게……."

순간 욱하는 마음이 들었지만 참았다. 사전에 약속도 없이 매일 찾아오는 사람에게 좋은 감정이 생길 수는 없었다.

"뭡니까?"

"그게……."

"말을 하세요!"

조금은 거친 목소리로 압박했다.

"금산 선생님과 같이 일하고 싶습니다!"

대찬의 표정은 구겨졌다. 같이 일하고 싶다면 자신이 아닌 철영을 통해서 능력을 인정받고 추천을 통하는 구조였다. 막무가내식으로 자신을 찾아와 일하고 싶다는 조병옥에게 밀렸던 짜증이 폭발했다.

"장난합니까?"

고개를 들어 날카로운 눈으로 쳐다보았다.

"아, 그, 그게 아니고……."

"불쾌합니다. 병옥 씨의 마음을 어느 정도 이해하겠지만 방법이 잘못된 것 같습니다. 그리고 아직 학생이라고 했지요?"

"네."

"졸업한 뒤에 다른 방법으로 시작해서 능력을 인정받으면, 그때는 저와 대화를 나눌 수 있을 겁니다. 이런 식의 무례는 참기 힘들군요."

"네……."

죽어 가는 목소리로 대답을 흘렸다.

"그리고 가능하다면 최대한 빨리 졸업하고 최철영이라는

아메리칸
드림

사람을 찾아가면 됩니다."

그제야 희망이 생긴 듯 밝게 대답했다.

"알겠습니다!"

"이만 가 보세요. 방해되는군요."

"네!"

사무실에서 나가는 조병옥의 뒷모습을 지켜보던 대찬은 문득 최근에 이러한 일들이 많다는 사실을 깨달았다.

"덕원 씨."

부름에 금방 나타났다.

"부르셨습니까?"

"최근에 왜 이렇게 방문하는 사람이 많죠?"

이런 일들은 처음이 아니라 계속해서 반복되고 있었다. 처음에는 그럴 수 있다고 생각하며 대화해 주고 기분 좋게 헤어졌지만 날이 갈수록 방문자가 늘어만 갔다.

"명성 때문인 것 같습니다."

"명성?"

"그렇습니다. 광복군과 한인 사회에 많은 지원을 해 주고 있고 미국에서 성공한 한인의 대표로, 혹은 한인들의 지도자라고 불리고 있습니다. 그래서 한번이라도 뵙고자 하는 사람들이 많은 것 같습니다."

'큰일이네.'

단발성으로 끝난다면 문제가 되지 않는다. 하지만 계속해서 이런 상황이 유지된다면 아무 일도 할 수가 없었다.

'오늘만 벌써 네 명이었어.'

많은 사람을 만날수록 대찬의 시간은 허비되고 일을 할 시간이 부족해졌다.

'이대로는 안 돼!'

"덕원 씨, 앞으로는 미리 약속되지 않는 사람들은 사전에 차단해 주세요. 단, 중요하거나 급하다고 판단되는 것은 통과시키고요."

"알겠습니다. 그런데 판단의 기준은?"

"가족, 광복군, 기업 수뇌부는 통과시키고 외국인 손님은 보고 후에 판단하는 걸로 하지요."

"지시대로 하겠습니다."

"그리고 사무실을 알아봐서 몇 군데 더 만들고요."

"알겠습니다."

사무실을 여러 곳에 만들어 찾아오는 손님들을 분산시키는 것도 효과적이란 생각이 들어 즉흥적이지만 지시했다.

"이제 내 시간은 내 시간이 아니구나."

업무는 줄어들었지만 다른 부분에서 시간을 소요하게 되었다.

"좋은 건지, 나쁜 건지."

푸념 섞인 말을 뱉고는 다시 일에 집중했다.

조율

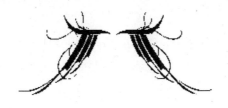

1888년 1월 13일 미국 워싱턴 라파예트 광장의 한 사교 클럽에 돈 있고 학식 있는 몇몇 인사가 모여서 '지리학적 지식을 널리 퍼뜨리고 알리기 위한 목적'의 모임을 만들기로 했다. 2주 뒤인 1월 27일, 간단한 강령과 규약을 갖춘 NGS(National Geographic society)가 출범했다. 초대 회장은 법률가이자 금융가인 가디너 그린 허버드였다. 1899년 호비 그로스브너에게 회장 자리가 넘어갔고 내셔널 지오그래픽 매거진의 초대 전업 편집장을 맡아 발행하게 되었다.

이들에게 최근 핫이슈가 생겼는데, 그것은 동양에 대한 관심이었다.

자연에 관심이 있는 엘리트 클럽에서 시작했기 때문에 여러 가지 지식을 공유했는데, 캘리포니아에 동양인 사업가가 나타나면서 동양, 특히 한국에 대한 관심이 컸다.

"한국을 알고 있습니까?"

간단한 질문이었지만 지식인이라고 자부하는 이들은 사소한 기초 정보도 모를 정도로 무지했다.

"도대체 한인들은 어떤 민족이고 한국은 어디야?"

답답한 마음에 한국을 조사하기 시작했다.

"식민지가 된 나라라고?"

처음 알게 된 정보에 깜짝 놀랐다.

"역사가 이렇게 오래되었다고?"

그리고 없어진 나라지만 역사가 깊다는 사실에 감탄했다.

"한국에 대해서 알고 싶다."

순수하게 지식에 대한 열망으로 한국에 대해서 연구하고 싶어 하는 사람들이 생겨났다.

"미스터 강을 찾아가자!"

한인들의 대표를 생각하면 대찬이 떠올라 만나고 싶다는 제의를 했고 대찬의 사무실에서 만날 수 있었다.

"고고학자 매튜 D. 핸더슨입니다."

"존 D. 강입니다. 만나서 반갑습니다."

"환영해 주셔서 감사합니다."

"우리 민족을 알고 싶다고요?"

"그렇습니다. 알면 알수록 흥미로운 민족이더군요."

매튜는 잔뜩 기대에 찬 눈빛이었다.

'상대하면 피곤하겠네.'

대찬이 이 시대로 회귀한 다음 확실하게 느낀 것이 있었는데, 천재들과 대화하면 피곤하다는 것이었다. 그런데 천재가 넘쳐 나는 시대였다.

'이 사람도 천재과다.'

상대방의 기분에 아랑곳하지 않고 순수하게 자신의 욕망을 표출했다.

"고고학자라고 하셨지요?"

"네."

대찬은 준비되어 있던 나무 상자를 조심스럽게 열었다.

"오!"

입이 함지박만 하게 찢어지고 보물을 발견했다는 표정을 짓는 것을 보고 대찬은 고개를 저었다.

"이건 무엇입니까?"

"백제의 금동관모라고 하는 것입니다."

"백제? 금동관모?"

"백제는 약 천삼사백 년 전에 한반도에 있었던 국가 중에 하나입니다."

"국가 중에 하나였다면…… 다른 국가도 있었다는 겁니까?"

"그렇습니다. 아무튼 고귀한 자가 썼던 물건 중에 하나가 바로 이 금동관모입니다."

"어떻게 쓰는 겁니까?"

"머리에 쓰는 걸로만 추정하고 있고 자세한 것은 알 수 없습니다."

"알 수 없다니요?"

이해가 안 된다는 표정이었다.

"현재 우리 조국은 식민 지배를 받고 있기 때문에 연구에 제약이 있습니다."

"허, 이런……."

그는 안타까움에 어쩔 줄을 몰라 했다.

"고고학자라고 하셨지요?"

"네."

'낚아서 써 볼까?'

대학교에 고고학을 전공으로 하는 학과를 개설해서 문화재들과 보물들을 연구시키면 될 것 같았다.

"혹시 보물들을 연구해 보실 생각 있으십니까?"

"네? 정말입니까?"

그는 대찬의 제안에 오히려 눈을 반짝이며 반색했다.

"이번에 대학교를 하나 만들었습니다. 거기에 고고학과를 개설하고 지원해 드릴 테니 한번 해 보시겠습니까?"

대학이라는 소리에 움찔하며 고민하는 기색을 보였다.

"보물은 이것 말고도 많은데……."

조용하게 흘렀다.

"하, 하겠습니다."

'낚았다!'

종이를 들어 급하게 글씨를 휘갈겨 썼다.

"존 웨스턴 대학교에 가셔서 총장을 만나 이 편지를 전해 주세요."

"그럼 저 보물은?"

'가져가도 문제없겠지? 아니야, 혹시라도 파손되거나 분실하면…….'

민족의 보물을 함부로 할 수 없었다.

"제가 사서 제 물건이지만 민족의 보물입니다. 가셔서 준비가 되면 보내 드리겠습니다."

"후, 알겠습니다."

매튜는 금동관모에서 눈을 떼지 못한 채로 방문 앞을 서성였다.

"덕원 씨, 매튜 씨를 대학교로 모셔다 드리세요."

떠나기 싫어하는 매튜와 한바탕 실랑이가 있었지만, 다른 것으로 꾀어서 보낼 수 있었다.

"고고학은 꼭 필요했는데, 무언가 되려는지 알아서 찾아오네."

유적, 유물과 같은 물질 증거와 그 상관관계를 통해 과거의 문화와 역사 및 생활 방법을 연구하는 학문이 고고학이었다.

"모든 것을 먼저 증명하고 발표해서 역사 왜곡을 절대 못하게 해야 한다."

역사를 지키기 위해서 수많은 서적들과 보물들을 비싼 값을 치르더라고 꼭 구해 왔다.

"자세한 역사서가 꼭 구해지면 좋겠네."

아직도 부족했다. 더 자세하고 확실한 증거가 필요했다.

회귀 전 역사를 왜곡해서 자신들이 믿고 싶은 대로 믿는 일본의 행태에 치를 떨었기에 문화재를 수집하는 일을 소홀히 할 수 없었다.

"이번에는 달라져 보자!"

역사 왜곡을 할 수 있을 만한 조금의 틈도 주고 싶지 않았다.

'열정은 유한한 에너지라고 했던가?'

대찬은 요즘 들어서 의욕이 생기지 않았다. 하루하루가 똑같이 반복되고 익숙해지기 시작하자 매너리즘에 빠졌다.

'하기 싫다.'

목표가 있고 목적이 있었지만 일이 손에 잡히지 않았다.

'돌파구가 필요해.'

쉼 없이 달려온 시간, 이제야 조금 성과가 눈에 보이기 시작했다.

"여기서 멈추면 안 돼!"

스스로 다짐해 보았지만 마음속으로는 불이 났다.

채워지지 않은 공허함, 알 수 없었지만 분명 원하는 것이 있을 터였다.

"일하자! 일!"

애써 잡생각을 떨쳐 내고 일에 집중했다.

거대한 선박이 항구에 정박하기 위해 앞뒤를 오갔다. 도선사가 조심스럽게 배를 움직였다. 잠시 후, 제대로 정박된 배를 묶었고 접안 시설을 통해 사람들이 내렸다.

"어서 오세요. 먼 길 오시느라 불편하지는 않았는지요?"

"배가 커서 그런지 탈 없이 편하게 왔습니다."

미국 정부와 협상하기 위해 사할린에서 여러 사람들이 샌프란시스코에 도착했다.

"그런데 금산은?"

"아, 마중 나오지 못해 죄송하다고 전해 달라고 했습니다. 예전과는 다르게 활동하는 데 위험이 많아, 사람이 많은 곳은 피하고 있습니다."

"무슨 일이 있었습니까?"

안창호가 대표로 묻자 그동안 수차례 있었던 암살 시도에 대해서 간단하게 설명했다.

"저런! 금산은 괜찮습니까?"

"다행히 아무 일 없었습니다."

"다행입니다."

이야기를 듣는 동안 혹시라도 대찬의 몸이 상했을까 걱정했던 사람들은 문제가 없다는 것을 알게 되자 안심했다.

"일단 호텔로 이동하시지요."

일행은 자동차를 타고 항구를 벗어났다.

"호, 예전과는 모습이 많이 다릅니다."

"그러게요. 여기를 누가 샌프란시스코라고 생각하겠습니까?"

샌프란시스코에서 생활해 봤던 안창호와 이상설은 예전과 달라진 모습에 감탄을 하고 있었다.

"언뜻 보기에 우리 건축양식과 많이 닮았습니다."

"맞습니다. 저기 저 지붕은 기와를 올린 것처럼 보입니다."

이국적인 건물들과 그 모습으로 인해서 미국에서도 가장 특색 있는 도시로 꼽히고 있는 샌프란시스코는 한류 바람과 함께 겉모습이 퓨전식으로 지어진 것이 많았다.

반면 처음 방문해 보는 최재형과 이회영은 창밖 풍경을 유심히 봤다.

"반갑기는 하지만 뭔가 이질적입니다."

건물은 눈에 익었으나 거리를 돌아다니는 행인들은 백인들 일색이라 어울리지 않는다는 생각이 들었다.

"그만큼 금산이 노력한 거지요. 여기를 떠나기 전에는 딱딱한 네모난 건물들만 가득했으니까요."

"그렇습니까?"

"확실히 러시아 분위기랑 완전히 딴판입니다."

최재형은 자신이 오래 지냈던 러시아와 미국을 비교하고 있었다.

사람들의 외모는 별 차이가 없었으나 추운 지역인 러시아는 분위기가 딱딱하게 경직되어 있었고 미국은 따뜻한 날씨 덕분인지 밝고 활기차다는 느낌이 강했다.

"검은 머리가 많네요."

"우리 복장으로 있는 사람이 많습니다."

"오, 제대로 된 우리 건물입니다."

각자 이것저것 확인하기에 여념 없었다.

"도착했습니다."

덕원의 안내에 차에서 내려 엘리베이터를 타고 대찬이 기다리는 사무실로 이동했다.

"그간 잘 지내셨습니까?"

"내가 어찌 잘 지낼 수 있겠소?"

이은은 불편하다는 표정을 지었다.

학업을 마치고 자신이 할 수 있는 일이 아무것도 없음을 알고 나서는 사모궁에서 어떠한 움직임도 보이지 않고 있었다.

"부끄러움을 느끼십니까?"

"부끄럽다……. 오히려 나는 아무것도 할 수 없음에 분노하고 있다오."

"제 생각입니다만, 예로부터 내려오는 말로는 군주는 무치無恥라고 했습니다."

"그렇소."

"그런데 부끄러움이 없는 사람은 자신이 무엇을 잘못했는지 알 수 없답니다."

"무슨 말인지는 알겠소. 그런데 그런 이야기를 왜 하는 것이오?"

이은의 얼굴이 붉게 달아올랐다.

"대한제국이 늑약에 의해 병합되면서 망국이 되어 버렸습니다. 그런데 아직까지 군주의 삶을 살아가려 하는 것 같습니다."

쾅!

이은은 탁자를 내려쳤다.

"황실에서도 구국을 위해 최선의 노력을 하고 있소!"

대찬은 들고 있는 찻잔을 내려놨다.

"그런데 왜 따르는 이들이 없는 것입니까?"

광복을 원하는 사람들은 활동하기 위해 대부분 광복군에 투신했고 생업에 종사하는 사람들은 모금을 해서 어떻게든 구국을 위해 지원금을 보냈다. 하지만 황실을 찾는 사람은 극소수에 불과했다.

"그것은……."

"이게 현실입니다. 이미 황실은 잊혔습니다. 그런데도 황위를 주장할 수 있겠습니까?"

"내가 어떻게 해야 하는 것이오?"

"직접 생각하셔야지요."

똑똑!

"들어오세요."

"임시정부에서 오셨습니다."

이회영은 이은을 발견하고 넙죽 엎드렸다.

"전하!"

이윽고 이상설 역시 엎드려 절을 했다.

"일어나시오. 더 이상 예를 표하지 말고 이리로 와 앉으시오."

이은의 지시에 엎드려 있던 사람들이 일어나 자리에 앉았다.

'어휴, 계륵이야.'

대찬에게는 황실 가족들은 계륵과 다름없었다. 황실이 있음으로 국내 영토에 대한 권리를 주장할 수 있었지만, 한편으로는 새롭게 탄생할 국가에 도움이 되지 않을 수도 있었다.

"그간 무고하셨습니까?"

"그렇소. 우당은 잘 지냈소?"

"걱정에 편히 잠들 수 없었사옵니다."

대찬은 고개를 절레절레 흔들었다.

짝!

무겁게 깔려 있는 분위기를 환기시키기 위해 박수를 치고 집중시켰다.

"자, 오늘 여기 황태자님과 임시정부에 요청해 여러분들 모신 이유가 있습니다."

"그게 무엇이오?"

"바로 미국 정부와 협상하기 위해서입니다."

"협상?"

"그렇습니다. 미국 정부에서 저에게 제안을 했습니다."

"내용이 무엇이오?"

"한국의 독립을 약속한다는 내용입니다."

"그것이 정말이오?"

당장 독립이라도 한 것처럼 표정이 밝아졌다.

"그런데…… 향후 50년 이내라는 조건이 있습니다."

"허, 50년?"

현재 1915년, 앞으로 30년만 있으면 2차 세계대전이 종결됨과 동시에 일본이 패망하고 자연스럽게 한국은 독립한다.

'그렇게 독립하면 부작용이 많지.'

사상과 체제에 대한 대립이 심했기 때문에 결국 한반도에서는 대리전까지 하게 되었다.

"50년이라고 하면 시간이 길지만, 독립할 수 있는 여건이 되면 독립을 지지해 주겠다고 했으니 50년이라는 시간에 대해서 크게 신경 쓰지 않아도 될 것 같습니다."

"그렇다면 미국이 보기에 한국이 늦어도 50년 안에는 독립될 것이라는 얘긴 것 같구려."

"그렇게 생각하시면 될 것 같습니다."

"그럼 우리를 왜 부른 것이오? 금산이 알아서 협상하면 될 것인데 말이오."

광복군과 임시정부에서는 대찬을 전적으로 신뢰하고 있었다.

국내 진공을 하지 못한다는 소수파의 불만이 있었으나 대부분은 당장 영토를 탈환할 수 없다는 것에 대해서 깊게 공감하고 있었다. 그리고 사할린에 자리 잡고 성공적으로 광복군을 키워 나갈 수 있는 배경엔 대찬의 대전략 건의가 있었데, 일련에 사건을 통해서 신뢰감은 날이 갈수록 강해지고 있었다.

"협상이 중요한 것이 아니기 때문입니다."

"그것보다 중요한 것이 있소?"

대찬은 덕원에게 눈짓했다.

촤락!

한반도를 중심으로 주변이 그려진 큰 지도였다.

"현재 빨간색으로 그어진 선이 병합되기 전 우리의 영토입니다. 그런데 파란색으로 그어진 선이 보이십니까?"

선은 중국의 산해관을 시작으로 만주와 연해주까지 포함되어 있었다.

"파란색으로 그어진 선은 우리 민족의 활동 영역입니다. 그 안에는 고조선을 시작으로 고구려, 발해까지 자리했었습니다."

"그럼?"

"맞습니다. 광복을 하는 순간에 이 영토들도 차지해야 한다고 생각합니다."

"가능하겠소?"

"충분히 가능합니다. 특히 이번에 일본과 중국이 맺은 21개 조항으로 인해서 만주의 권리는 일본으로 넘어갔습니다. 우리가 싸워 이긴다면 충분히 다 차지할 수 있습니다."

"그럼 미국과의 협상에서 우리가 주장해야 되는 부분이 이 것이오?"

"맞습니다."

'그 땅에는 다른 이유도 있지만요.'

회귀 전 중국은 감추기 바빴던 것이 하나 있었는데, 그건 바로 요하 홍산 문명이었다.

세계 4대 문명이라 부르며 세상에서 가장 먼저 문명을 발달시킨 지역이 있는데, 이집트문명, 메소포타미아문명, 인더스문명, 황하문명이다. 하지만 나중에 새로 발견된 문명이 하나 있었는데, 이 문명은 기존의 문명들보다 2천 년이나 앞선 것이었다.

'역사는 똑바로 세워야지! 암!'

"이제부터는 광복과 동시에 우리 민족을 위해 대계를 세워야 됩니다."

"대계!"

"중국은 여러 개로 찢어 놓고, 우리 영토는 다시 되찾아오며 일본으로부터 우리 힘으로 독립을 해내야 합니다."

"중국을 찢는단 말이오?"

"그렇습니다. 중국은 너무 큽니다."

"그게 가능하겠소?"

"그건 제가 할 것입니다. 여러분은 알고 계시기만 하면 됩니다."

"좋소. 그런데 광복, 그날이 언제요?"

"안타깝지만 당장은 안 될 것입니다. 제 예상으로 30년 뒤에나 가능할 것 같습니다."

"30년……."

인구수 증가를 위해 시작한 지원은 폭발적인 인구 증가로 이어지고 있었다. 아직까지 표면적으로 나타나지는 않았지만, 어디를 가든지 쉽게 임신한 여성들을 볼 수 있었다.

'일본이 아직 미치지 않았어.'

일본이 영국과 동맹을 파기하고 독일과 동맹을 맺는 것은 나중에 일이었다. 아직까지는 영국과 동맹을 맺은 국가였다.

시간은 더디게 가고 있었지만, 그날을 기대하며 준비를 하고 있었다.

'때가 되면 폭발적으로 진공을 시작한다.'

대찬은 자신 있었다.

"내가 살아서 고향으로 돌아갈 수 있을지 모르겠소."

이회영은 한이 서린 숨을 내쉬었다.

"죄송합니다."

"그저 30년이나 더 치욕스러운 일을 겪어야 한다고 생각하니, 속상해서 그러오. 금산이 죄송할 것은 없소."

가장 좋은 것은 당장에 광복하는 것이다.

'그것이 가능하냐고 묻는다면 내 대답은 절대 불가능이다.'

아메리칸
드림

1차 세계대전이 일어난 건 식민지도 중요한 이유 중에 하나였다. 대부분의 식민지는 협상국들이 차지하고 있었고, 이를 뺏어 오기 위해서 동맹군이 전쟁을 일으켰다.

그런데 전쟁은 협상국들이 승리하게 되고 미국이 우드로 윌슨이 자결주의를 외치며 식민지들을 독립시키자고 주장했지만, 그러한 일들은 일어나지 않았다.

협상국에 속해 있는 일본이 식민지인 한국을 독립시켜 준다?

어불성설이었다. 오히려 영국을 비롯한 협상국들은 독립을 결사반대할 것이다.

"당장은 때를 기다려야 합니다."

이회영은 고개를 끄덕였다.

"금산의 계획은 잘 알겠소. 그런데 나는 왜 부른 것이오?"

지금까지 대찬이 설명했던 모든 계획에 이은은 포함되지 않았다.

"황실의 미래 때문입니다."

"음……."

이은도 나름 생각하는 바가 있었다.

"왕정을 하지 않겠다는 이야기가 듣고 싶소?"

"……."

"임시정부 역시 대한제국이 아닌 대한민국이라고 부른다고 들었소."

"……."

"황실은 독립하는 순간부터 정치를 하지 않을 것이오."

가장 바랐던 대답이 나왔다.

"입헌군주제를 원하는 것이오, 아님 완벽하게 황실을 지울 생각인 것이오?"

"어찌!"

이회영은 화들짝 놀랐다.

"이 부분 역시 임시정부에서 결정해 주시길 바랍니다."

대찬은 입헌군주제를 상당히 고심했었다.

'굳이 필요한가?'

필요는 없었다.

'다른 사람들은?'

필요할지도 모른다.

정신적인 지주.

한인들의 황실에 대한 충성심은 확실해서 배척할 수 없었다.

"알겠소."

회의를 마치자 피로감이 한 번에 몰려왔다.

"매너리즘? 그딴 건 중요한 일을 하면 다 잊어버리는구나."

공허하고 하기 싫다는 마음이 순간 사라졌다. 왜 고민했는지도 모를 정도였다.

아메리칸
드림

"빡 세게 일하자!"

하기 싫다는 생각은 스스로를 파먹는 마음의 독이었다.

"자료가 부족합니다."

매튜가 찾아와 다짜고짜 대찬을 닦달했다.

"네?"

"역사서가 부족해서 고증을 할 수가 없습니다. 그저 지레짐작하는 것이지요."

"상당한 양의 서적들을 같이 보냈을 텐데요?"

"후우, 대부분 조선 역사서입니다. 그 이전 시대의 역사서는 간혹 있더군요."

처음 연구를 시작할 때만 해도 신세계를 개척한다는 사실에 잔뜩 흥분해 있었다. 하지만 그것도 잠시, 시간이 갈수록 필요한 자료가 부족하다는 사실을 알게 되었다.

"그뿐만 아니라 직접 탐사도 하고 싶습니다."

"직접 가 보시게요?"

"그렇습니다."

'남 좋은 일 시키는 거 아니야?'

득과 실을 따져 보았다.

'지금 가서 여러 가지 확실한 증거와 사진을 남겨 놓는다

면 이득이 되겠지만, 발굴한 모든 것을 압수당할 수도 있으니 문제야.'

일본이 흔적도 없이 지워 버린 역사 유물들에 대해서 철저하게 기록해 놓는다면 광복 이후에 상당한 도움이 될 터였다. 반면에 연구한 모든 것들을 압수하고 그것들부터 철저하게 파괴해 버린다면, 회귀 전과 똑같이 진실을 알 수 없게 될 것이었다.

"한국과 일본의 관계는 알고 계시지요?"

덤덤하게 말했지만 매튜는 조심스럽게 고개를 끄덕였다.

"가서 답사하고 탐사하며 기록하는 것에 대해서는 찬성합니다. 그러나 온전하게 그 기록들을 가지고 다시 돌아올 수 있을지 확신할 수 없습니다."

"그래서 한 가지 꾀를 내었습니다."

"뭔가요?"

"대규모로 한국에 방문하는 것입니다."

"매튜 박사님 일행들만 가는 것이 아니고요?"

"NGS에 공지를 띄웠습니다."

매튜는 처음 연구를 시작했을 때 가장 먼저 한국이라는 나라의 위치부터 알아보았다. 주어진 연구 과제인 금동관모가 어느 지역에서 시작되었는지, 어떻게 파생되었는지 지리적으로도 중요할 수 있다고 생각했기 때문이었다.

지도를 펴 놓고 삼국시대의 영토를 머릿속에 그려 보자 작은 땅에 상당한 문화유산들이 있을 수도 있다는 생각을 하게 되었다.

'가서 두 눈으로 확인해 봐야한다.'

그때부터 한국에 대한 궁금증이 생겨 한인들을 대상으로 정보를 얻기 시작했다.

'일본이라는 나라는 굉장히 위험한 곳이로구나.'

한인들의 입에서 가감 없이 일본의 행태에 대해 자세히 들을 수 있었다.

'소규모로 탐사하다가는 모든 것을 다 뺏기고 돌아올 수 있을지도 확신할 수 없겠다.'

어떻게든 한국을 가 보고 싶었던 매튜는 한 가지 꾀를 내었다. 마침 한류 바람이 불고 있는 NGS에 한국 탐사를 대대적으로 공지하여 대규모로 탐사를 떠나는 것이었다.

새로운 세계로!

우리가 궁금하게 여기는 동양에 대해서 자세히 알 수 있는 기회를 만들었습니다.

최근 히람 빙엄 박사에 의해 남미에서 마추픽추라는 공중 도시가 발견된 일은 우리들을 전율에 떨게 하였습니다. 그와 유사하게 동양에 관심을 갖고 연구하던 중 유구한 역사를 가지고 있는 나라를 알게 되었는데, 바로 한국입니다.

가슴 뛰는 새로운 경험, 동양의 신비를 마주할 기회를 여러
분들과 함께 나누고 싶습니다.
　'동양원정대'는 여러분을 환영합니다!

　미리 공고를 하고 원정대를 모집한 결과, 상당히 많은 인
원이 접수했기에 대찬을 만나 설득을 시작했다.

　"NGS에요? 그럼 인원은?"
　"현재까지는 3백 명 정도 지원했습니다."
　"헉, 그렇게 많이요?"
　"그만큼 관심이 많다는 반증 아니겠습니까?"
　야심 차게 준비한 듯 전혀 막힘없이 대찬을 설득했다.
　"좋습니다. 그런데 연구할 주제는 정했습니까?"
　"여러 파트로 나누어야 할 것 같습니다. 먼저 역사서를 구
해서 연구한 후, 회의를 통해 일정을 준비할 것입니다."
　"그럼 선결 과제로 역사서가 필요하네요?"
　"그렇습니다. 최대한 많은 역사서가 필요합니다."
　'역사서라……'
　"먼저 원하는 대로 준비를 하세요. 최대한 지원해 드리겠
습니다."
　"감사합니다."
　매튜가 돌아가자 대찬은 홀로 남아 역사서를 구할 방법을

생각해 보았다.

"분서가 너무 많았어."

사람을 통해 국내에서 많은 서적들을 모으고 있었지만, 매류에게 들은 바에 의하면 역사서는 전멸에 가까울 정도로 보기 힘들다고 했다. 이는 수많은 사건들로 인해서 서적들을 불태웠기에 일어나는 현상이었다.

1390년 명 사신 진자성陳自成이 개성 저잣거리에서 사서를 불태웠다.

1411년(태종 11) 1월, 음양에 관한 서적을 모두 불사르도록 명했다. 자수하고 관청에 바쳐 불사르게 하였는데, 어기는 자는 고발하게 하고 요망한 글을 지은 자는 법률에 의하여 죄를 주게 하였다.

1412년(태종12) 신지비사(神秘集: 神誌秘詞)가 괴탄, 불경하다 하여 불태워지고 이색의 문집 제십오권第十五卷도 거둬들였다.

1426년 세종 8년 5월 19일 예조에서 도화원圖畵院의 정문呈文에 하여금 계를 올리게 했다. '도화원에 간수된 전조 왕씨前朝王氏의 역대 군왕과 비주妃主의 영자초도影子草圖를 불태우기를 청합니다.' 하니, 명하여 정릉貞陵의 반영半影도 아울러 불태우게 하였다

1432년 세종 14년, 유교와 반하는 불서는 불태웠다.

1458년 세조 3년 팔도관찰사八道觀察使에게 고조선비사古朝

鮮秘詞 등의 문서를 사처에서 간직하지 말 것을 명했다. 팔도 관찰사에게 유시諭示하기를, '고조선비사, 대변설大辯說, 조대기朝代記, 주남일사기周南逸士記, 지공기誌公記, 표훈삼성밀기表訓三聖密記, 안함노원동중삼성기安含老元董仲三聖記, 도증기지리성모하사량훈道證記智異聖母河沙良訓, 문태산文泰山, 왕거인王居人, 설업薛業 등 삼인 기록三人記錄, 수찬기소修撰企所의 1백여 권卷과 동천록動天錄, 마슬록磨蝨錄, 통천록通天錄, 호중록壺中錄, 지화록地華錄, 도선한도참기道詵漢都讖記 등의 문서文書는 마땅히 사처私處에 간직해서는 안 되니, 만약 간직한 사람이 있으면 진상進上하도록 하고, 자원自願하는 서책書冊을 가지고 회사回賜할 것이니, 그것을 관청, 민간 및 사사寺社에 널리 효유曉諭하라.' 하였다

기록에 의한 것만 이 정도였으니 정작 실제로는 엄청난 양의 서적들을 불태워 없앴음을 알 수 있었다.

"국내를 통해 많은 역사서를 얻는 것은 불가능에 가깝네."

현재의 수집 경로로는 필요한 서적들을 빠른 시일 내에 얻을 수 없다는 것을 인정하게 되자, 다른 방법을 생각해 보았다.

"우리의 역사서가 있을 가능성이 있는 나라는 중국과 일본, 특히 중국에 많은 책들이 있겠지?"

중국과는 긴 세월 동안 부대끼며 살아왔기에 많은 문물들이 오갔다. 그중에는 분명히 역사서가 많이 있을 것이다.

"직접 사람을 통해 수집하기에는 시간도 많이 들어, 차라리 무차별적으로 서적을 모아 와야겠다."

한국사만 수집하려면 식견이 높은 사람을 통해서 구해 와야 했는데, 일일이 확인해야 했기에 시간이 오래 걸렸다. 반면 한 번에 많은 서적을 마구 구입한다면 그중에 한국 역사서도 있을 것이고 상관없는 서적이라고 할지라도 고문서로서의 가치를 생각한다면 손해 본다는 생각이 들지는 않았다.

"덕원 씨!"

"네."

"당장 차이나타운에 소문 하나만 내줘요."

"뭐라고 하면 되겠습니까?"

"중국 고서적을 비싼 가격에 수집한다고요."

"알겠습니다."

대찬은 중국인들의 민족성을 믿었다. 평소에는 '만만디'라고 하며 느려 터졌다지만 그것은 전적으로 한국인의 입장이었고 돈과 관련된 일이라면 중국인은 절대 느리지 않았다.

─돈은 귀신으로 하여금 맷돌도 돌리게 한다[有錢能使鬼推磨].

중국인의 돈에 대한 사랑엔 유태인을 뛰어넘는 무언가 있었다.

"역사서는 이제 알아서 구해질 거니까 넘어가지만, 원정대가 한국에 가서 괜찮을까?"

일본의 사회적인 분위기를 확인할 수는 없었지만, 아직까지는 미국과 관계가 틀어지지 않은 상태였기 때문에 우호적일 거라 예상되었다.

"문제는 일본이 아닌 한국을 조사한다는 것인데……."

유명한 한국의 유홍준 교수가 한 말이 있다.

－일본은 고대사 콤플렉스 때문에 역사를 왜곡하고, 한국은 근대사 콤플렉스 때문에 일본을 무시한다.

일본의 고대사에는 일본이 없었다.

고대 역사를 살펴본다면 한반도에서 건너간 이들이 기반이 되어서 일본의 고대 역사를 발전시켰다. 가야, 백제, 고구려, 신라를 제외한다면 일본의 고대사는 쓸 것도 없었다.

"걱정이야."

미국에게 우호적인 일본이었지만, 자신들의 콤플렉스를 건드리는 것을 두고 볼지 알 수 없었다.

🎩

이은을 포함해 임시정부 사람들과 다시 회의가 열렸다.

"결정하셨습니까?"

"음…… 그렇소."

"입헌군주제로 가기로 했습니다."

"그렇습니까? 이것은 임시정부와 광복군 전체의 뜻입니까?"

대찬의 질문에 분위기가 조용해졌다.

"여기 있는 분들은 그렇게 하기로 합의했습니다."

예상했던 바였기에 대찬은 수긍했다.

"돌아가시면 왕정 폐지론자와 공화정을 주장하는 사람들이 많을 것입니다."

"음…….

"저와 협의하신 것은 여러분들이니 의견에 전적으로 힘을 실어 드리겠습니다."

이야기가 일단락되자 대찬은 다른 계획에 대해서 이야기했다.

"지도를 보시면 하단에 오세아니아가 있습니다. 그리고 옆에 뉴질랜드, 그 옆에 채텀제도가 있습니다."

콕 찍어 위치를 설명해 주었다.

"그리고 대륙 위쪽에 뉴칼레도니아, 이 두 곳을 할양받기로 했습니다."

"할양이라면?"

"제2, 제3의 한인 국가를 세울 예정입니다."

"가능합니까?"

"채텀제도는 작지만 우리에겐 충분히 이용 가치가 있습니다."

"이런 외진 곳이 가치가 있습니까?"

"우리가 비밀리에 해야 될 일이 많이 있는데, 이곳에서 개발할 생각을 하고 있습니다."

"무엇을?"

"간단히 설명하자면 무기입니다."

"지금도 충분히 무기 공급은 이루어지고 있는 것으로 알고 있습니다."

"물론입니다. 하지만 독자적인 무기 체계는 꼭 필요하다고 생각합니다. 더하여 하늘과 바다를 포함해야죠."

사람들의 눈이 동그랗게 뜨였다.

"맞습니다. 이는 극비 사항이니 함구해 주시기 바랍니다."

"알겠소."

"그리고 미래에 수산자원 확보를 위해서도 필요하다 생각합니다."

"수산자원? 물고기를 말하는 것이오? 바다에 풍성하게 있는 것인데, 자원이라고 하는 것은 과한 것 같구려."

"아닙니다. 그것은 크게 잘못 생각하고 계시는 겁니다. 얼마 전까지는 물고기를 잡으려면 나무로 만들어진 배를 타고 좋지 못한 그물로 잡았지만, 현재는 쇠로 만들고 엔진이 달린 배를 타고 촘촘하고 좋은 그물을 바다에 던져 한꺼번에 많은 양을 잡고 있어요. 물고기도 생명체인데 번식하지 못한다면 얼마 지나지 않아 바다에서 그 씨가 마르고 말 겁니다."

"무슨 말인지는 알겠지만, 당장에 와 닿지는 않습니다."

일본은 2차 세계대전 당시 군인들에게 식량을 제공하기 위해 많은 양이 잡히는 고등어를 선택했었다. 당시 고등어 최대 생산지는 욕지도였다. 일본이 고등어를 얼마나 잡아서 씨를 말렸는지 회귀 전 욕지도는 그 많은 고등어가 사라지고 없었다.

"아무튼 하고 싶은 말은 최대한 바다 영토를 확보하는 일이 중요하다는 것이에요."

"많아서 나쁠 것은 없겠지요."

그 외에 세부 사항을 검토하고 의견을 나누고 조율했다.

"자, 그럼 이렇게 협의된 것으로 알겠습니다. 이제 미국 정부와 약속을 잡도록 하겠습니다."

"알겠소."

회의실이 조용해졌다. 창밖으로 해가 넘어가고 있었다.

"덕원 씨."

"네."

"어떻게 생각해요?"

밑도 끝도 없는 질문.

"잘하고 계십니다."

"다행이네요."

우성宇醒

상해에 도착한 박용만과 부대는 큰 문제에 봉착했다.

"생각보다 일본의 영역이 넓어 평양까지 가는 일이 힘들 것 같습니다."

21개조로 인해 독일의 이권이 전부 다 일본으로 넘어간 상태였다. 그 영역은 산둥성을 시작으로 산해관 넘어 만주까지 확장되어 쉽게 이동할 수 없었다.

"어느 정도 예상했던 바, 평양까지 갈 수 있는 방법을 찾아봅시다."

가장 좋은 방법은 배를 타고 남포를 통해 바로 평양까지 가는 것이었다. 하지만 이 방법에는 무기를 지참할 수 없다는 크나큰 단점이 있었다.

"사냥꾼으로 위장하는 방법이 있지만, 소수 인원만 가능합니다."

일본은 해로운 맹수를 퇴치해 세상을 편안하게 한다는 명목으로 전국 야생동물을 포획, 제거하는 '해수구제' 정책을 시행했다.

그 이면에는 다른 의도가 있었는데, 일본에는 야생 호랑이가 단 한 마리도 살지 않았고 딱히 맹수라고 부를 동물이 없었다. 그런데 마침 병합한 한국에는 야생동물이 많았고 일본에서 맹수 사냥은 무사의 용맹함을 과시할 수 있는 흔치 않은 기회였기에 해수구제라는 명목으로 맹수들을 적극적으로 사냥한 것이다.

그렇게 많은 수의 호랑이, 표범, 늑대를 잡았는데, 일본인들이 직접적으로 맹수를 사냥하는 것은 얼마 되지 않았고 한인 사냥꾼들이 업으로 삼아 생계를 유지했다.

"다른 방법은 없습니까?"

"배를 구해 야음을 틈타 입국하는 방법이 있습니다. 하지만 확신할 수 없는 방법입니다."

"가능한 방법입니까?"

"어디를 가나 밀수하는 자들은 있기 마련이지요."

"그럼?"

"무기는 밀수하는 자들에게 맡겨서 도착하면 받는 겁니다."

"위험 부담이 크지 않겠소?"

"그 어떤 방법으로도 시간에 맞춰 도착할 수 있을 것 같지 않습니다."

"그렇다면 안전하게 무기를 옮겨 줄 사람은 있습니까?"

"밀수업자 중에 유명한 사람이 있지요. 그리고 우리 동포입니다."

"누굽니까?"

"류 씨라고 부릅니다."

류 씨는 한인 밀수업자 중에 명성이 자자한 인물이었다. 주로 한인들을 일본에 밀입국시키는 일을 하였는데, 실패하는 일이 거의 없었고 믿을 수 있는 인물이라고 좋은 평판을 가진 자였다.

"일단 만나 봅시다."

무기를 지참하지 않고 이동한다면 국내 입국은 문제 될 것도 없었다.

1912년 쑨원의 신해혁명으로 청나라 마지막 황제인 선통제宣統帝 푸이溥儀를 퇴위시키며 청나라가 멸망했다. 그리고 세워진 아시아 최초의 공화국, 중화민국은 12년 1월 1일 성립 후 같은 해 4월, 막후 협약대로 쑨원 임시대총통에게 위안스카이가 실권을 받았다.

1913년 정식으로 대총통에 취임하자 중국 국민당 및 국회를 해산했고 1914년 임시약법臨時約法 폐기, 국무원 해산, 북양군, 단기서 등의 군권 박탈을 시행했다. 그리고 임시약법의 폐지로 봉건 독재적 권력을 가지게 되었다.

서서히 등을 돌리기 시작한 민심은 스물한 개 조항에 서명함으로써 이반의 속도에 불이 붙었다.

내부적인 정치 상황은 좋지 않았으나 체면을 중요하게 생각하는 중국은 아무 일이 없는 것처럼 대외 활동을 하였는데, 1915년 5월에는 제2회 극동선수권 대회가 상하이에서 열렸고 참가국은 중국, 일본, 필리핀이었다.

깨끗하게 단장된 식당은 외국인들을 위해 지어진 것이었는데, 손님들이 다 떠나고 난 후에는 명성 있는 식당으로 자리 잡았다.

"언제 오는 것이오?"

얼굴이 붉게 달아오른 박용만은 기다리는 시간이 초조하기 보다는 화가 났다. 약속을 한 시간이 벌써 1시간이나 지났다.

"흠흠."

잔뜩 화가 난 눈으로 헛기침을 하는 사내를 바라보았다.

툭.

사내는 별말 없이 작은 쪽지를 던져 놓고 밖으로 나가 인파 속으로 파묻혔다.

감시하는 자들이 있더군요. 이곳으로 눈길을 피해 오시기 바랍니다.

박용만은 감시가 있다는 소리에 주변을 천천히 살폈다.
'모르겠군.'
주변과 동화되어 위장하고 있는 사람을 찾는 일은 쉽지 않았다.
"들어갑시다."
새로이 약속한 시간까지는 앞으로 몇 시간이 더 지나야 했다. 그동안 감시자들을 따돌리고 조용히 류 씨와 접선해야 했다.
박용만은 숙소를 향해 빠르게 걸었다.

캄캄한 저녁, 상하이 외곽에 큰 장원.
"어마어마하네."
만만하게 생각하고 벽을 따라 걷기 시작한 지 한참이 되었는데 아직도 입구가 보이지 않았다.
"휘익."
작게 휘파람 소리가 들렸고 소리 난 곳을 쳐다보자 작은 쪽문이 있었다.
누군가 다급히 손짓하며 빠르게 들어올 것을 몸으로 표현했고 박용만과 일행은 빠르게 안으로 들어갔다.

잠시 후, 문은 닫혔고 주변은 아무 소리도 나지 않았다.

"이쪽으로."

익숙하게 장원의 길을 안내했다.

'엄청 크네.'

정원으로 보이는 곳이었지만 만약 밖이었다면 누구든지 숲으로 생각할 것이다.

한참을 들어가자 소박한 건물 한 채가 불을 밝히고 있었다.

"어서 오세요."

"반갑습니다. 박용만입니다."

"류 씨입니다."

류 씨라고 소개한 사내는 중국식 복장의 중년 사내였다.

"한인이라고 들었습니다만?"

"맞습니다. 다만 이곳에서는 이 복장이 활동하기 편하지요."

"그렇군요. 부탁드릴 게 있어서 왔습니다."

"말씀해 보세요."

"무기를 국내로 운송해 주었으면 합니다."

"무기? 수량은 얼마나 됩니까?"

"1천 정의 소총 그리고 수류탄과 탄약입니다."

"……!"

차분하게 있던 류 씨의 눈에 흔들림이 생겼다.

"기한은?"

"보름 이내."

"흠…… 보통 이유를 묻지 않습니다. 그런데 이번에는 예외를 두어야겠습니다."

"채응언 의병장 구출."

"허……."

류 씨는 고민이 많은 듯 인상이 구겨졌다.

"그 외에 이유는 없습니까?"

"많지요. 광복군의 존재를 알리기 위함이 두 번째고, 부수적으로는 일본에 응징을 하는 것이지요."

"그런 일이 일어난 다음 후폭풍은 생각해 보지 않았습니까?"

"후폭풍?"

"속 좁은 족속들이 민간인들에게 패악을 부리는 것 말입니다."

언제나 일본은 피해를 입는 순간 민간인들을 괴롭히고 수탈했으며, 마지막에는 항상 학살을 자행했다. 류 씨는 그 점을 우려했다.

"알고 있습니다. 하지만 그렇다고 광복을 포기할 수는 없지 않습니까?"

"차라리 힘을 응집해 적절한 기회를 찾아 진공하는 것은 어떻습니까?"

국내 상황은 가면 갈수록 안 좋아지고 있었다. 류 씨 자신이 일본에 한인들을 밀입국시키는 일을 하고 있었는데, 오히려 그편이 한인들에게는 더 안전했다. 최소한 무분별한 학살은 피할 수 있었기 때문이었다.

"후, 지금 당장이라도 진공할 수 있는 능력은 충분합니다."

"그렇다면 당장 광복하면 되지 않습니까?"

"우리 동포 모두가 바라 마지않는 일이지요. 그런데 광복을 유지할 수가 없습니다. 자의가 아닌 타의로."

"그건 무슨 말입니까? 힘이 없어 빼앗겼는데 힘이 있어도 되찾아오지 못한다니요?"

박용만은 간단히 세계정세에 대해서 설명해 줬다. 특히 세계 식민 경영과 한국이 독립하지 못하는 이유를 중점적으로 알려 줬다.

"허, 그럴 수가 있는 겁니까?"

"지금의 세계는 그렇습니다. 그래서 광복군은 때를 기다리고 있는 거지요. 그런데 우리가 아무것도 하지 않는다면 광복군은 사람들 기억에서 지워지겠지요. 그래서 채응언 의병장을 구출함으로써 국내에 광복 의지를 가진 사람들이 좌절하지 않게 하려는 거지요."

"의지……."

"지금 당장 친일파가 득세하는 모습을 보고 있는 사람들이 많은데, 그들에게 동조하는 것을 막고 항일 의지를 단 한 사람이라도 가질 수 있길 바라기에 우리는 꼭 가야 합니다."

"어렵습니다. 무엇을 선택하든지 고국 영토에 남아 있는 동포들은 고통 속에서 살 것이기 때문입니다."

한인들의 국외 이탈이 점점 심화되고 있었지만, 고향을 떠나지 않는 이들도 많았다. 그들은 고스란히 모든 피해를 감내해야만 했다.

"사실 우리는 살기를 포기하고 들어가려 합니다."

박용만의 음성은 한층 더 무거워졌다.

"그것은 또 무슨 말입니까?"

"천 명이나 되는 인원이 사방이 적으로 둘러싸인 곳에 들어가서 몇이나 살아 돌아올 수 있겠습니까?"

"허, 그럼 죽을 길을 알면서도 들어간다는 말입니까?"

박용만은 고개를 끄덕였다.

"우리를 도와주지 않아도 다른 방법을 찾아 어떻게든 평양까지 갈 것입니다. 그리고 목표했던 의병장을 구출하겠지요."

"목숨은 귀한 것입니다. 그렇게 헛되이 버려도 되는 것이 아닙니다!"

"헛되었다? 무엇이 헛되었습니까? 우리가 죽음으로써 더 많은 이들이 광복을 꿈꾸게 되고, 그만큼 광복의 날이 빠르게 올 텐데요."

"광복을 장담할 수 없는 상황에서 어인 말입니까?"

"나는 우리 민족을 믿습니다."

말을 내뱉고 만족스럽게 미소 짓는 박용만을 보고 류 씨는 고개를 저었다.

"좋습니다. 무기를 옮겨 드리지요."

"감사합니다."

"그런데 평양까지는 무리입니다. 옮겨 줄 수 있는 곳은 신의주까지입니다."

"충분합니다."

협의가 되자 박용만은 가방을 꺼냈다.

"사례입니다."

"됐습니다. 받지 않도록 하지요."

"받으셔야 합니다. 그래야 저도 안심하지 않겠습니까?"

무기는 평양으로 가는 광복군에게 생명 줄이었다. 상인에게 생명을 맡기는데 보상을 하지 않는다면 일이 제대로 이루어지지 않아 불안할 것만 같았다.

"망자의 길을 예고했는데, 어떻게 노잣돈을 받을 수 있습니까?"

박용만은 쓴웃음을 지었다.

"걱정하지 마십시오. 무슨 일이 있더라도 꼭 옮겨 드리겠습니다."

"믿어도 되겠습니까?"

아메리칸
드림

"나 또한 국적이 없습니다."

광복군의 대다수는 무국적자였다. 가질 수 있는 국적은 일본이 유일했기에 광복군은 일본 국적을 가질 생각조차 하지 않았다.

"그럼 신의주에서 뵙도록 하지요."

"네, 보중하십시오."

박용만이 떠나고 류 씨는 하염없이 눈물을 흘렸다.

"상을 치를 준비를 해야겠어. 어이할꼬, 이를 어이할꼬."

무기가 있는 장소를 알려 주자 어느 순간 아무도 모르게 무기들이 사라져 있었다.

"능력 있는 사람인 건 확실하군."

수많은 무기들이 한꺼번에 사라지고도 사람들 입에서 말이 오르내리지 않았다.

"이제 가시지요."

천 명의 인원은 각자 조를 짜 행상으로 위장하고 뿔뿔이 흩어졌다.

박용만은 출발하기 전 품에서 태극기를 꺼냈다.

"이순신 장군께서 이런 말을 하셨다지. 생즉필사生即必死, 사즉필생死即必生."

차분하게 마음을 가다듬고 태극기를 보던 눈은 정면을 향했다.

"갑시다."
두 눈에서 불꽃이 일렁였다.

차이나타운에 고서적을 산다고 소문이 나자 발 빠른 사람
들이 대찬을 찾아오기 시작했다.
"고서적을 가져오셨다고요?"
"그렇습니다, 대인."
"한번 보도록 하지요."
중국인은 몇 권의 책을 꺼내기 시작했다.
"이 책은 거란의 역사가 담긴 책입니다."
책에는 제목이 적혀 있지 않았다.
"이건 뭡니까?"
"요사遼史입니다."
"뭐 좋습니다. 또 다른 건 없습니까?"
주섬주섬 뒤지기 시작하더니 책을 하나 더 꺼냈다.
"이건 금사金史라고 합니다. 이게 마지막입니다."
"이것도 역사서 같군요."
"맞습니다. 이건 금나라의 역사서입니다."
"좋습니다. 덕원 씨."
"네."

"감정해서 적당히 값을 치러 주도록 하고, 책은 매튜 박사에게 보내도록 하세요."

"알겠습니다."

고서적 전문가를 구해서 감정하도록 한 여섯 권의 책 가격은 470달러였다.

매일 고서적을 팔겠다고 찾아오는 이는 많았지만 이주해 올 때 그다지 필요 없다고 생각되는 서적을 가지고 오는 이들은 많지 않았다.

"시간이 해결해 주겠지."

중복되는 서적들도 많았지만 하나도 빠짐없이 구매했기에 중국 본토에서 서적을 공수해 오는 자들이 생길 것이다.

♣

평안북도 압록강 강변에 자리하여 단동과 마주하는 곳이 신의주다. 본래 불리던 이름은 의주였고 전통을 계승함과 동시에, 새롭게 탈바꿈한다 해서 붙여진 이름이 신의주였다.

평양형무소 신의주분감.

"류 씨는 왜 이런 데서 만나자고 약속을 한 것인지."

입구를 제외하고는 낡은 시설이기는 했지만 사방을 단단한 벽으로 감싸고 있었고 출입을 확실하게 통제하고 있었다.

"저기는 또 누가 잡혀 있는지…… 찜찜하네."

박용만은 입맛이 썼다.

시의 한가운데 자리하고 있는 감옥은 굉장한 반감을 주었다.

"범죄를 저지른 사람을 제외하고는 없다고 합니다."

"범죄?"

"네, 살인 사건이 있었다고만 들었고, 자세한 내막을 알아내지 못했습니다."

"살인 사건? 누가 죽었다고 하던가?"

"한인끼리 분쟁이었다고 합니다. 그런데 이상한 것은 소문이 전혀 나지 않았습니다."

"소문이 안 났다."

이상한 일이었다.

보통은 큰 사건이 일어났다면 모든 사람들이 곱씹으며 이야기를 주고받고 할 것인데 조용해도 너무 조용했다.

"뭔가 이상해……."

슬쩍 분감을 보고 말했다.

"자세하게 알아봐."

"알겠습니다."

사내는 지시를 받고 자리를 떠나려고 했다.

"그럴 필요 없습니다."

익숙한 목소리가 대꾸했다.

"조금 늦으셨습니다."

"물건이 물건인지라 나름 사정이 있었습니다."

"문제가 있습니까?"

"해결되었습니다."

"그런데 왜 여기서 보자고 한 것입니까?"

신의주의 여관에서 만나자고 약속하였는데 도착해서 보니 분감 앞이었다. 여관에 있으면서도 자꾸 일본의 헌병 제복을 입은 사람들이 왔다 갔다 해 신경 쓰였다.

류 씨는 빙그레 웃었다.

"여러 가지 이유가 있습니다만, 이곳이 물건을 넘겨 드리기 좋고 두 번째로 저 감옥을 보면서 깊이 생각해 보길 바랐습니다."

"흠……."

고개를 끄덕였다. 박용만 역시 낡아 빠진 감옥이었지만 튼튼하게 잘 지어진 평양형무소에 대해서 어느 정도 감을 잡을 수 있었다.

"입구는 하나, 그것이 생문일까요, 사문일까요?"

무겁게 그지없는 목소리로 류 씨가 질문했다.

감옥의 입구는 오로지 하나, 들어가는 것도 문제였지만 다시 나오는 것도 문제였다.

"준비는 했습니다."

자신에 찬 말에 류 씨는 아무런 말도 할 수 없었다.

"물건은 저녁에 드리도록 하겠습니다."

여관은 매일 투숙객들이 달라졌다.

"물품 챙겼으면 평양으로 이동하도록 하자."

"알겠습니다."

여관들을 연결하는 땅굴이 있었는데, 굴을 통해서 여관에 투숙한 광복군에 무기를 지급했다. 모두 보따리 상인처럼 위장하고 며칠에 걸쳐 나누어 여러 여관에 투숙했기 때문에 별다른 의심을 사지는 않았다.

"감사합니다."

"감사 인사하지 말고 제발 살아서 돌아오시오."

"하하, 물론입니다. 절대 죽으러 가는 것이 아닙니다."

유쾌하게 응대하는 박용만을 보며 류 씨는 가슴이 아렸다.

"팔도의 어느 여관에 가서든 류 씨 아씨가 그립다고 하세요."

고개를 끄덕이며 류 씨를 뒤로한 채 평양으로 떠났다.

평양에 가장 유명한 것을 꼽으라고 한다면 여러 가지가 있었지만 단언컨대 먼저 기생을 말할 것이다.

기생은 춤, 노래, 시 등에 능통한 예인藝人이었는데, 이 제도는 조선 시대에 발전하였다. 사회 계급으로는 천민에 속하지만 시와 글에 능한 지식인으로 분류되었다.

기생은 대개 소녀 시절부터 교육을 받으며, 15세가 되면 성년식을 치르고 본격적인 기생의 업무에 종사하게 된다. 기생은 보통 정년이 50세로, 20세가 넘어도 활동하는 기생도 있었다고 하나, 20대 중반만 해도 이미 노기로 취급받았다.

"어서 오세요."

복장은 한인들의 전통 의상이었지만 얼굴은 하얗게 칠해 놓은 것이 게이샤를 생각나게 했다.

"얼굴은 왜 그런 것이오?"

"그것이……."

박용만은 대충 알겠다는 듯이 고개를 끄덕였다.

개화기 이후 기생 문화 역시 일본의 제재를 받았는데, 조선 정부가 관기를 통제했던 것처럼 일본 역시 권번이라는 것을 만들어 기생들을 통제했다. 그만큼 기생 문화에 관심이 많았던 일본인들은 '사라져 가는 낭만의 나라 조선의 전통문화'로서 기생을 바라보았다.

그렇게 일본인의 출입이 잦아지자 복장은 전통을 고수했지만 화장 기법은 일본식 문화를 따라갔다.

"조용한 곳으로 안내해 주시오."

"이쪽으로……."

박용만과 그의 일행은 조용한 별채로 안내되었다.

"시장하니 상부터 올려 주시오."

"알겠습니다."

기생이 자리를 뜨자 그때부터는 심각한 이야기가 오갔다.

"병력은?"

"속속 집결하여 근처에 다른 기생집으로 들어가고 있습니다."

비싼 가격이었지만 평양에 들어왔을 때 가장 안전하다 생각되어 미리 계획했던 일 중에 하나였다. 돈만 있다면 별채를 얻어 조용히 지낼 수 있었고, 기생집은 작은 크기가 아니었기 때문에 많은 인원이 지내도 탈이 없었다.

"자금은?"

"충분합니다."

"결행 날까지?"

"그렇습니다."

"각 소대마다 자금은 풍족하게 지원해 주고 석 잔까지는 음주를 허락하겠습니다."

한 달이 넘는 시간 동안 긴장감 속에서 평양까지 도착했기에 적당히 긴장을 풀어 주어야 했다. 죽음을 불사해야 하는 일이 눈앞에 있기 때문에 주어지는 보상이기도 했다.

"그리고 채응언 의병장의 현재 상태와 평양형무소를 중심으로 동선, 통신망을 파악하고 효과적인 작전을 수립하도록 합시다."

"알겠습니다."

식사 후 각자 맡은 역할에 따라 움직이기 시작했다.

모두가 자리를 떠나자 박용만은 품에서 책을 한 권 꺼내 읽기 시작했다.

"들어가도 되겠습니까?"

방문 앞에서 낯선 여인의 목소리가 들렸다.

"누구요?"

"소녀, 명월이라고 합니다."

의아함을 느꼈지만 큰일을 눈앞에 두고 있기에 희희낙락 즐겁게 대화를 할 기분이 아니었다.

"다음에 오는 것이 좋겠소."

"……."

문밖에서 아무 소리도 들리지 않자 다시 책을 읽으려던 찰나.

"그럼, 기다리겠사옵니다."

박용만은 나직한 숨을 내쉬고 말했다.

"들어오시오."

스르륵.

문이 열리고 고운 자태의 여성이 들어왔다.

"다시 인사 올리겠습니다. 명월이라고 합니다."

마주 본 상태로 곱게 큰절을 했다.

"어인 일이오?"

"저를 알아보시겠습니까?"

명월의 얼굴은 일본식 화장이 벗겨지고 조선식 화장 기법 으로 칠해져 있었다.

"미안하오."

"아닙니다. 아까 전 안내를 맡았습니다."

"아!"

얼굴을 하얗게 분칠해 죽어 보였던 얼굴이 색조 화장을 통해 꽃이 핀 것 같았다.

"미안하오. 눈썰미가 없어서 그렇소. 그런데 무슨 일이오?"

직설적인 물음에 명월은 순간 흠칫했다.

"제가 마음에 들지 않으십니까?"

박용만은 책을 내려놓고 눈을 마주쳤다.

"용무가 없다면 나가 주겠소?"

명백한 축객령.

싸늘한 눈빛이 명월을 관통했다.

"다시 찾아뵙겠습니다."

"그럴 필요 없소."

냉담한 반응에도 아랑곳하지 않고 명월은 인사 후에 방을 나갔다.

"사방 벽이 단단하게 지어져 있음을 확인했습니다."

"우리가 가진 폭약으로 가능하겠습니까?"

"여러 곳에 길을 내기에는 충분하지 않다고 생각합니다."

단단하게 봉쇄된 정문을 뚫고 들어가기에는 많은 희생이 필요했다. 희생을 줄이기 위해서는 한쪽 벽을 붕괴시켜야 5

백 명이 넘는 헌병들의 주의를 분산시킬 수가 있다고 판단했다. 그런데 준비해 온 폭약이 충분하지 않았다.

"한 곳에 집중하면 확실하게 벽을 파괴할 수 있겠습니까?"

"장담할 수 없는 상황입니다."

감옥의 기본은 외부와의 완벽한 단절이었다. 그렇기에 자유를 찾아 탈출하려는 자들도 있었다. 그걸 막기 위해, 죄인들이 죗값을 치르고 도망가지 못하게 고안하고 발전했다. 그 결과 높은 장벽과 수많은 감시 인력들 그리고 내외부의 공격에 방어가 용이하도록 만들어졌다.

특히 평양형무소의 벽은 두껍고 감시탑까지 서 있었다.

"의병장의 소재는 확인되었습니까?"

"네, 한창 재판 중이라고 합니다."

일본은 채응언을 살려 둘 생각이 없었지만 형식적으로나마 재판을 진행했다.

그러자 채응언은 '자기 나라를 사랑하고 자기 민족을 위하는 자에게 강도, 살인의 오명을 씌우는 법률에 불복한다.'라고 했다.

재판을 진행하던 일본인 판사가 분노해 고래고래 소리쳤지만, 채응언은 개가 짖는다는 식으로 반응하며 판사의 분노를 샀다.

"주변 통신망은?"

"샅샅이 뒤져 찾았지만 혹시 모를 연락망이 있을 것을 대비하여 계속해서 수색하고 있습니다."

"작전이 시작되면 절대로 다른 곳과 연락이 되면 안 됩니다."

"물론입니다."

"정보를 더 구해 보고 다시 얘기합시다."

비밀스러운 대화가 끝이 나자 박용만은 불을 켜고 조용히 책을 읽기 시작했다.

"명월입니다."

생각을 정리하고 있던 박용만의 미간이 찌푸려졌다.

"이번에도 기다릴 생각이오?"

"……."

긍정의 침묵이었다.

"들어오시오."

달갑지 않은 손님의 방문에 표정이 곱지 못했다.

"왜 자꾸 찾아오는 것이오?"

타박에도 명월은 차분하게 앉았고 곧 품에서 무언가를 꺼냈다.

"받으세요."

"이게 무엇이오?"

"……."

답을 않자 답답한 마음에 명월이 꺼낸 물건을 보았는데, 속에 무언가를 감싸고 있는 보자기였다. 무엇인지 확인하기 위해 보자기에 싸인 것을 꺼내 보니 여러 번 접힌 종이였다.

"......!"

박용만의 눈이 커졌다.

"어디서 난 것이오?"

"여기가 어딘지 잊으셨습니까? 수많은 사내들이 이곳을 찾아 많은 이야기를 합니다."

"허, 믿을 수 있는 것이오?"

"제가 천한 기생이라지만 마음속에 있는 나라는 하나밖에 없습니다."

"음…… 미안하오."

"아니옵니다.

문득 박용만은 이상한 생각이 들었다.

'내가 광복군이고 이것이 필요하다는 것을 어찌 알았을까?'

의심이 생기자 숨겨 놓았던 단도에 손이 갔다.

"어찌 안 것이오?"

"첫째, 저는 나리를 한 번도 뵌 적이 없습니다. 둘째, 큰 결심을 한 듯 경건하게 준비하고 있습니다. 마지막으로 제가 화장한 모습을 유일하게 싫어하셨습니다."

"좋소. 그런데 내가 화장한 모습을 싫어하는 것이 큰 이유가 되는 것이오?"

"일본과 병합되는 순간부터 여길 찾는 이들은 많은 부를 가지고 있거나 일본인, 마지막으로 그들에게 협조하는 친일파들이었지요. 자연스럽게 유행은 일본풍으로 흘러가고 있습니다. 여기 있는 사람들, 혹은 국내에 있는 사람들은 그것을 당연하게 생각하지요. 하지만 나리는 달랐습니다."

박용만은 깜짝 놀라 벌떡 일어섰다.

"허, 그럼 큰일이오. 내 동지들이!"

"걱정하지 않으셔도 됩니다."

"무슨 말이오! 걱정하지 말라니!"

"저와 뜻이 같은 계집들에게 일러두었으니 입단속을 할 것입니다."

"그건 또 무슨 말이오?"

"저는 이미 노기입니다. 그래서 여기저기 안내하거나 하며 간혹 재주를 팔며 삶을 영위하고 있지요. 저와 같은 노기들이 첩실로 들어가지 않고 이렇게 사는 것은 이유가 있습니다."

"이유가 무엇이오?"

"계월향, 그녀를 본받는 것이지요."

조선 중기 절세미인에 가야금, 춤 솜씨도 일품인 평양 최고의 기생이었던 계월향은 평양성이 함락되면서 왜장에게 몸을 더럽히게 되었다.

하지만 그녀는 고니시 군대의 핵심 참모인 왜장을 죽이기 위해 꾹 참고 기회를 엿보았다. 그러고는 왜장에게 평양성

밖에 있는 자신의 친오빠를 성내로 데리고 오고 싶다고 했다. 성 밖으로 나간 계월향은 평양성 탈환을 준비하는 평안도방어사 김응서金應瑞를 데리고 왔다.

두 사람이 장막 안으로 들어서자 왜장은 의자에 앉아 김응서를 바라보았다. 순간 그가 단순히 계월향의 오빠가 아님을 알아채고 칼을 뽑으려 하였으나 김응서의 칼이 먼저 왜장의 목을 쳤다.

김응서와 그녀는 왜장의 목을 가지고 평양성을 탈출하려 하였으나 도저히 두 사람이 함께 탈출할 수 없었다. 그래서 계월향은 김응서가 단독으로 탈출할 수 있게 스스로 단도를 꺼내 자진하였다.

"평양 기생들 역시 독립을 간절히 바랍니다."

명월은 절을 했다.

"되었소. 정보는 감사하오."

박용만은 마음이 진정되자 손에 잡고 있는 칼자루를 놓았다.

"저를 품어 주지 않으시겠습니까?"

"나를 혼란스럽게 하는구려. 이만하면 되었소. 농은 그만하고 가 보시오."

명월은 일어섰다. 나가는 줄 알고 지켜보고 있던 박용만의 눈이 더 크게 뜨였다.

스르륵.

그녀는 위에 저고리부터 시작해 한 꺼풀씩 벗으며 곧 원초적인 모습으로 변해 갔다.

"그만, 그만."

외면하였으나 그사이 명월이 다가가 박용만을 꼭 안았다.

품속에 파고든 그녀가 입을 열었다.

"서방님의 함자가 어떻게 되옵니까?"

"곧 지고 없어질 것을 알아서 무엇하겠소."

"그래도 알려 주세요."

"박용만이오."

"박용만⋯⋯."

명월은 자신의 배를 감싸 안았다.

약속의 날.

긴장되는 시간의 연속이었지만 기다림의 시간이 지나고 지치기 전에 작전을 실행할 수 있었다.

숨길 게 없다는 듯이 무기를 주렁주렁 매달고 전투준비를 마쳤다.

명월은 걱정스러운 눈빛으로 그런 모습을 지켜보고만 있었다.

"내가 가거든 머물렀던 곳에 상자를 남겨 두었으니 열어 보시오."

박용만은 하고 싶은 말만 하고 미련 없이 등을 돌렸다.

떠나는 이를 보고 명월은 절을 했다.

마당에서 제각각 준비하고 있던 사내들은 당당하게 걸어 가는 박용만의 뒤로 따라붙었다.

"문을 열어라!"

끼익.

고향에서만 들을 수 있는 문소리가 들리자 절로 미소가 생겼다.

심호흡을 크게 한번 했다.

"출진!"

광복군은 기생집을 나와 거리를 활보했다.

"목표는 평양형무소! 전심전력으로 의인을 구출하고 귀환 한다!"

"우와아아!"

경쾌하지만 묵직한 발소리가 세상을 채웠다.

"시간이 되었습니다!"

대기하고 있던 사내들은 작전 시간이 되었음을 알아챘다.

"통신망 끊어!"

땅속에 숨겨 두었던 전화선은 이미 파헤쳐 놓았기에 자르기만 하면 연결이 끊길 것이었다.

주저 없이 칼을 꺼내 선을 잘랐다.

"자르고 확인해."

꼼꼼하게 절단 유무를 판단하고 잘되었음을 알렸다.

"다음 장소로 이동한다."

이와 같은 일은 평양의 모든 통신망을 대상으로 이루어졌다. 큰 도시였기에 시간이 오래 걸렸고 인원도 많이 필요했지만, 상황이 외부에 알려져 적이 구원하러 오는 것을 막기 위해서 꼭 필요한 일이었다.

한편 평양 시내 곳곳에는 헌병연락소라는 곳이 있었다. 인원이 많지 않았지만 사전에 위험을 파악하고 보고하는 곳으로 쓰였는데, 형무소로 가기 전 이 연락소의 헌병들부터 처리해야 했다.

탕탕!

인원이 많지 않았기에 예정된 시간에 정확히 조준하여 처리할 수 있었다.

"남은 연락소는?"

"저쪽으로 내려가면 연락소가 하나 더 있는데, 거기가 마지막입니다."

"어서 처리하고 본대에 합류한다."

말하는 시간이 아까운 듯이 바로 이동을 시작했다.

아메리칸
드림

평양 시내 곳곳에서는 이러한 일들이 동시다발적으로 일어났다. 미리 예견하지 못했던 일본인들은 대비하지 못했기에 상황을 전혀 알 수 없었다.

"저기가 헌병대 막사인가?"

"그렇습니다. 숫자는 약 5백 명 이상인 걸로 파악되었습니다."

"많군."

헌병단의 막사의 벽은 철로 만들어진 울타리였다. 망원경을 통해 평소처럼 지내고 있는 일본인들을 주시했다.

"작전 계획은?"

"이미 실행되고 있습니다."

쾅!

큰 소리와 함께 막사 뒤편에 검은 연기가 치솟아 올랐다.

그때부터 막사에서는 시끄럽게 종이 울리기 시작했다. 순식간에 무기를 들고 소리가 난 방향으로 일제히 달려갔다.

"휘익."

휘파람 소리와 함께 총소리가 나고 정면에 경비를 서고 있던 헌병들이 쓰러졌다.

"정문까지 전진!"

막사를 점령하기 위해선 교두보가 되는 정문을 확보해야 했다. 정문을 지키는 경비 병력이 쓰러지자 신속하게 전진했다. 빠르게 다가간 한 소대는 시체들을 확인하고 이상 없다는 수신호를 보내 주었다.

"준비된 소대부터 작전대로 진입을 시작한다."

광복군과 일본군의 큰 차이점이 하나 있었는데, 바로 시가전 훈련 경험의 유무였다.

시가전은 도심 속의 전투로, 다수 건물의 밀집과 건물과 건물 사이 도로 외에 울타리 그리고 건물의 외벽이 존재함으로 일반적인 전투와 달리 굉장히 난해했다.

특히 정해진 전선이 따로 없기 때문에 돌발 상황이 난무했고 은폐할 수 있는 공간도 많아 극도로 위험한 전투였다.

광복군은 이러한 시가전을 기초 군사훈련으로 집중적으로 교육했다.

정문을 돌파하여 진입한 몇 개의 소대는 우선적으로 건물을 장악하기 위해 안으로 들어섰고 또 다른 소대는 감시탑을 점령, 지원사격을 하기 위해 빠르게 움직였다.

사방에서 총소리가 나기 시작했다. 그러자 소리를 듣고 폭약이 터진 곳으로 움직였던 헌병들의 일부분이 다시 정문으로 뛰어오기 시작했다.

"자리를 잡고 사정거리에 들어오면 자유 사격을 실시한다."

미리 자리를 잡고 있던 광복군은 은폐, 엄폐가 된 상태로 정확히 조준하여 사격을 시작했다.

탕탕탕!

총소리 한 번에 여지없이 한 명씩 쓰러졌다.

곧이어 건물 점령이 완료되었는지 높은 층의 창을 통해서 헌병들에게 사격이 가해졌다.

시끄러운 총성이 오가고 얼마 지나지 않아 신음 소리만 들렸다.

"사격 중지!"

전장 상태를 파악하기 위해 사격을 중지시키자 어느 선부터는 빨갛게 칠해 놓은 것처럼 보였다.

"쯧, 아군 피해 집계해서 보고하도록."

"알겠습니다."

헌병대를 공격하기 위해서 출정했던 숫자 중 절반으로 공격했는데 작전 계획을 세울 때 우려했던 부상자들이 속출했다.

"사상자 합계 172명입니다."

"그중에 사망은?"

"99명입니다."

"부상자들을 통해서 사망자 명단을 가지고 부대를 이탈하여 사할린으로 귀환하도록 한다."

"치료가 필요한 이들이 많습니다."

비교적 부상이 심하지 않은 이들은 스스로 몸을 추릴 수 있기 때문에 괜찮았지만 문제는 중상자들이었다.

"부상이 심한 이들이 많나?"

"그렇습니다. 이대로 내버려 둔다면 위중할 것입니다."

"우리가 최대한 벌 수 있는 시간은?"

"최대 하루입니다."

"의사들부터 수배해서 중상자 치료를 서두르게."

"알겠습니다."

치료를 명하기는 했지만 귀환을 장담할 수는 없었다. 한양과 평양까지는 몇 시간 거리밖에 되지 않았고, 이상함을 느낀 일본인들이 곧 사람을 보내 확인하거나 평양에서 이미 탈출한 일본인들에 의해서 소식이 전달될 수도 있다.

'결국 죽는 길뿐인데……'

사방을 적이 둘러싸고 있기에 큰 부상을 입으면 죽은 것과 다름이 없었다.

"나머지는 작전대로 형무소로 이동한다."

"보고! 헌병대를 섬멸, 곧 합류한다고 합니다."

"피해는?"

"사상자 총합 172명이라고 합니다."

"흠……"

예상보다 많은 피해에 박용만은 당황했다. 많은 준비와 훈련을 꾸준히 했었기에 자신감이 넘쳤는데, 지금 집계된 피해는 예상을 넘는 것이었다.

아메리칸
드림

"일단 다음 작전을 시작한다. 준비는?"

"감시탑을 저격할 저격수들 배치 완료되었고 사전 입수된 정보로 가장 약한 부분에 폭약을 설치, 준비했습니다."

"공격 인원은 충분한가?"

"다른 작전에 나갔다가 완수하고 합류해서 인원은 충분합니다."

"감시탑 저격을 완료함과 동시에 작전을 시작한다."

지시된 명령에 따라 저격수들에게 저격 명령이 떨어졌다.

"후우."

창수는 긴장감을 해소하기 위해 크게 숨을 쉬었다.

철컥!

소중히 사용한 애병, 로스 소총을 장전하고 감시탑을 주시했다. 집중하기 시작하자 멀리 떨어져 있는 일본인 병사가 희희낙락하고 있는 표정이 보였다.

'먼저 너다.'

정해진 목표가 있었기에 단 한 명만 저격하면 됐지만 창수는 일본인 하나라도 더 쏘고 싶어 욕심이 났다.

창수의 등에 손길이 느껴졌고 그대로 방아쇠를 당겼다.

탕!

멀리서 피를 뿌리는 것이 보였다.

재빠르게 손가락에 끼워 둔 총알을 노리쇠를 당겨 장전하고 목표를 찾았다.

"쩝."

아쉽게도 목표가 없자 자연스레 입맛을 다셨다.

쾅!

폭약이 터지고 건물이 무너지는 소리가 났다. 창수의 시선이 그쪽을 향하자, 먼지가 풀풀 나고 검은 연기가 솟아오르는 것이 보였다.

쾅!

박용만의 귓가에 폭약이 터지는 소리가 들렸다. 눈은 형무소의 정면을 바라보고 있었는데, 경비 병력이 허둥지둥하는 것이 들어왔다.

"진입 개시!"

명령이 떨어지자 형무소 정면으로 총알이 쏟아졌다. 경비병들은 변변한 반격 한번 해 보지 못하고 피를 뿌렸다.

"5소대, 지금부터 내부로 진입하는데, 최대한 경계에 유의하며 내부 수색을 한다."

입구에 들어서는 순간부터 한쪽 벽에 다닥다닥 붙어 광복군 기본 교리대로 한 명은 후방을 주시하며 전진해 나갔다. 맨 앞사람의 손이 올라오고 주먹이 쥐어졌다. 주먹을 쥐면 멈추라는 뜻, 준비해 놓은 거울을 꺼내 꺾인 복도를 확인했다.

파악된 적의 숫자는 네 명, 뒷사람들이 볼 수 있게 수신호를 해 줬고 진입 신호를 낸 후 바로 손가락을 펴 세 개를 만들었다. 이윽고 손가락이 두 개, 하나가 되자 한꺼번에 튀어 나갔고 사격을 했다.

탕탕탕!

소총은 한 발을 쏘면 재장전을 해야 했기에 쏘고 나서 바로 후퇴했고 다음 대기자들이 튀어 나가 사격을 했다. 그러기를 몇 번 반복하고 다시 거울을 꺼내 확인했다.

전진.

수신호가 나오자 조심스럽게 진입했다.

탕탕탕!

곧바로 반격을 했지만 적이 쏜 총알에 아군이 쓰러졌다.

"시발."

나지막이 욕을 했다. 동료가 쓰러진다는 것은 유쾌하지 못한 일이었다. 화가 치솟아 당장이라도 돌격해 하나라도 더 죽이고 싶은 마음이 컸지만, 이성적인 판단으로 교리를 지켜야 동료들이 더 안전하다는 사실에 본인의 화를 꾹 눌렀다.

몇 번의 교전이 더 있은 후에 내부 정리가 끝났다.

"보고! 정리가 완료되었습니다."

"사상자는?"

"31명입니다."

"확실히 좁은 공간은 아군에게도 피해를 강요하는군."

부관은 박용만의 의견에 어떠한 답도 할 수 없었다. 부관 역시 대승산 전투를 경험했기 때문에 지금의 피해가 얼마나

큰지 느낄 수 있었다.

"채응언 의병장은?"

"곧 나올 겁니다."

잠시 기다리자 얼굴이 팅팅 부었고 몰골이 추레한 사내가
나왔다.

"하하, 내가 아직 죽을 운명이 아니었나 보네!"

호탕하게 웃어 보였지만 이내 박용만을 째려보았다.

"뭐하러 죽은 목숨 구하려고 생목숨을 저승으로 보내나?"

박용만을 꾸짖었다.

"불씨를 살리기 위해서지요."

"내가 죽으면서 불씨를 남겨도 되네."

"물론 그렇습니다. 하지만 다른 방면의 선전도 필요했습
니다."

"선전?"

"독립운동을 하는 모든 사람들에게 알리는 것이지요. 광
복군이 있음을 잊지 말라고. 그리고 독립운동을 하는 사람을
쉽게 포기하지 않는다는 것을 알려야만 했습니다."

"허, 아무리 그래도 그렇지, 내가 어찌 살아도 산목숨이겠
는가?"

채응언은 머리로는 납득이 됐지만 마음으로는 납득이 되
지 않았기에 푸념을 늘어놓았다.

"이제 사할린으로 가시지요."

아메리칸
드림

박용만의 말에 채응언은 고개를 저었다.

"아니야. 나는 국내에서 투쟁하겠네."

"무슨?"

"동지들! 갑시다."

형무소에서 풀려난 의병들은 채응언의 말을 듣고 떠날 채비를 했다.

"외국에서 국내 진공을 위해 그대들이 힘쓴다면, 나는 내부에서 그대들을 맞이하겠네. 이만하면 광복군이 원하는 선전 효과를 보았을 것이라 생각하네. 나는 내 자리에서, 광복군은 광복군의 자리에서 언젠가 만나는 날을 소원해 보겠네."

채응언은 주변을 둘러봤다.

"큰 부상을 입은 동지들을 챙겨 가겠네. 자네들은 외국으로 가야 하니, 내가 데려가 회복시킨 후에 보내겠네."

"감사합니다."

부상자를 데려갈 방법이 없었는데, 그 고민을 해결해 주었다.

"그럼, 광복의 순간 다시 보세."

작별 인사와 함께 빠른 속도로 가 버렸다.

"보고! 다수의 군용 트럭들이 오고 있는 것을 확인했습니다."

"……?"

"빠른 속도로 북상하여 탈출한다."

탕

휘청이며 앞으로 쓰러질 뻔한 것을 억지로 버텨 내고 뒤를 돌아보았다.

'일본인!'

군복을 입고 달려오는 다수가 보였다.

"후퇴!"

후퇴 소리와 함께 입에서 피가 쏟아졌다.

"장군님!"

"어서 가!"

소리를 지르자 더 많은 양의 피가 나왔다.

"어, 어떻게!"

"빨리 가! 꼭 살아서 사할린까지 가게!"

탕!

시간이 갈수록 더 많은 총알이 날아오기 시작했다.

"다음 생에 다시 뵙겠습니다."

끄덕.

부관이 떠나는 뒷모습을 지켜보며 박용만은 자신의 상태를 알 수 있었다.

'곧 죽겠군.'

허리에 찬 칼을 힘겹게 꺼내 땅에 박았다.

'일본인에게 무릎 꿇을 수 없다.'

아메리칸
드림

다리에 힘을 주고 눈을 뜨기 위해 온 신경을 집중했다. 그와는 별개로 점점 시야가 흐릿해지는 것을 막을 수는 없었다.

"대한 독립 만세!"

'내 아이가 태어날까? 명월, 부탁하오.'

단단하게 서 있는 모습 그대로 형형한 눈빛이 사라졌다.

"헉!"

기생집을 나와 경성으로 돌아갈 채비를 하던 김 씨는 깜짝 놀랐다.

"반역군!"

평소에 친일파로서 일본인임을 자부했기에 이대로 있으면 죽을 것이라는 걸 알 수 있었다. 그래서 바로 헌병대로 가서 보고하려 했으나, 적의 숫자가 많은 것을 보고 빠르게 벗어나 보고해야겠다고 판단했다.

차를 타고 경성 방향으로 가기 시작했고 평양을 벗어나 적당한 연락소에 도착해 헌병들을 붙잡고 말했다.

"반역군이 평양에 나타났습니다."

"뭣이라? 숫자가 얼마나 되느냐?"

"물경 일천이 넘었습니다."

"사실인가? 만약에 거짓일 경우!"

"정말입니다!"

연락소에서는 평양으로 연락을 했으나 전화를 받지 않았다.

"칙쇼! 당장 근처 군부대로 연락한다."

순식간에 평양 주변에 모든 헌병대, 상주하던 군부대에 알려졌고 곧바로 군부대가 평양으로 출동하였다.

변수로 인해 평양에서 일을 빨리 알게 된 일본은 주변의 모든 군대를 동원하여 포위망을 형성하기 시작했다.

"최대한 빨리 국내에서 벗어난다."

박용만의 사망 소식에 사기가 떨어질 대로 떨어졌지만, 미리 이런 일이 생길 것을 예상했기 때문에 어떻게든 탈출 작전을 고수하며 빠르게 벗어나기 시작했다.

탕!

"젠장!"

어찌나 끈질기게 추적해 오는지, 조금만 속도를 늦추면 총소리가 들려왔다.

"두만강만 건너면 된다!"

급속 행군을 하며 최대한 교전을 피하고 북쪽을 향해 끊임없이 걸었다.

아메리칸
드림

한편 평양에서 일어났던 일은 급속도로 국내를 강타했다.

"광복군은 존재한다!"

의문을 가지거나 애써 외면했던 광복군의 소식에 사람들은 희망을 갖기 시작했다.

"독립운동을 하자! 위험한 상황에 처하면 광복군을 찾으면 된다!"

새로운 바람이 불기 시작했다. 국내에서 활동하던 인사들에게 독립의 꿈을 꾸고 있는 청년들이 찾아가기 시작했고, 독립운동이 활발해지기 시작했다.

데라우치는 이 모든 것이 마음에 들지 않았다.

조선총독의 위치는 일본에서도 아주 특별했는데, 입헌군주국인 일본에서 내각 또는 총리대신의 지휘를 받지 않고 천황의 지시에 따랐다. 따라서 조선총독은 무소불위 권력을 휘두를 수 있는 일국의 지배자와 같은 자리였으며, 행정, 입법, 사법을 모두 관장함으로써 한인들의 생사여탈권을 손에 쥐고 있었다.

1894년 청일전쟁으로 할양받은 대만도 이미 총독을 파견하여 통치하고 있었지만 위세에서는 비교도 되지 않았다.

평소 '조선 사람에겐 굴복이 아니면 죽음이 있을 뿐!'이라고 말하며 강경하게 탄압했기에 여러 운동들이 주춤했었지만, 평양형무소 사건으로 분위기가 바뀐 것을 느꼈다.

데라우치는 이번 총독에서 물러나면 총리대신 자리가 기

다리고 있었기에 이번 일을 잘 마무리해야 된다는 강박이 생겼다.

"반역을 행하는 자들을 모두 잡아들여라!"

두고 볼 수 없었기에 의심이 된다면 무차별적으로 잡아들이라고 지시했다.

조율 II

전쟁이 시작되고 미국의 분위기가 굉장히 달라지기 시작했다. 전쟁 물자 판매로 전국적으로 높은 수익이 생겼고, 그 여파로 문화생활을 원하는 사람들이 늘기 시작했다.

재즈의 장르 중에 하나인 랙타임은 보통 피아노 독주곡의 형태였는데, 분위기는 주로 흥겹고 즐거웠다. 특히 인기를 끌고 있는 찰리 채플린의 영화에는 항상 삽입되었다.

호텔 연회장에서는 'Milenberg Joys'가 한창 연주되어 흥겨운 분위기를 만들고 있었다. 무대에선 댄서들이 춤을 추고 있었고, 사람들은 시끄러웠지만 익숙한 듯 아랑곳하지 않고 이야기를 나누고 있었다.

"어떻습니까?"

"아주 좋아요."

대찬은 호황이 시작되자 사람들의 문화가 유흥 쪽으로 많이 기울 것이라 판단했다.

'기존의 문화는 너무 점잖지.'

시끄럽게 소리 지를 수 있고 일탈을 만끽할 수 있는 장소가 없다는 것을 깨달은 순간, 대찬은 호텔 연회장 하나를 나이트클럽처럼 개조했다. 아직까지는 사교 클럽으로 점잖게 춤추고 대화하는 것이 주였으나 점점 바뀌게 될 것이었기에 이왕이면 주도해 보자는 생각이 들어 추진하였다.

'휘황찬란한 조명과 전자음은 없지만, 이만하면 충분히 흥겹고 즐겁겠지?'

"공연은 언제 시작하나요?"

사내는 주머니에서 시계를 꺼내 보았다.

"12분 남았습니다."

홀 전체를 한눈에 볼 수 있는 높은 곳에 프라이빗 룸이 있었는데, 그곳에 달린 창을 통해 시작될 공연을 기대하고 있었다.

얼마 지나지 않아 음악이 멈추고 무대 커튼 뒤로 댄서들이 화려한 복장으로 나타나 공연을 시작했다.

"오!"

오랜만에 보는 역동적인 동작이 대찬을 흥분시켰다.

"아니, 아니야. 사람들을 봐야지."

공연을 관람하기 위해 온 것이 아니었기에 본분을 지키려고 사람들을 관찰하기는 했지만 자신도 모르게 공연에 눈이 갔다.

짝짝짝!

박수 소리가 들리고 성황리에 첫 번째 공연이 막을 내렸다. 첫 번째는 흑인 여성들의 공연이었고 두 번째는 백인 여성들이었는데, 이때 환호성이 더 컸다.

"음……."

'흑인 여성들의 공연은 집중력이 낮네.'

캘리포니아 주에서는 인종에 대한 편견이 많이 줄었지만 주 고객이 돈 많은 백인 상류층이었기 때문에 인식 깊이 박혀 있는 차별을 느낄 수 있었다.

"빌리, 어떻게 생각해요?"

"……백인 여성들의 공연이 반응이 더 좋은 것 같습니다."

아프리카와 유럽의 문화가 섞여서 태동된 재즈는 흑인 음악가들을 빼고는 설명할 수 없었다. 앞으로 이런 클럽이 생긴다면 어디서든지 흑인 음악가를 찾을 것이었지만, 외형적인 부분에서 차별을 받을 것이다.

"앞으로 흑인 여성들의 공연도 백인 여성들과 마찬가지의 반응을 만들 수 있게 노력해 보세요."

"아! 감사합니다."

"덕원 씨, 이만 가지요."

조금 이른 감이 있어 걱정했던 클럽이 반응이 좋은 것을 확인하자 안심이 됐다.

차를 타고 집으로 가는 차에서 이런저런 생각이 들었다.

'앞으로는 유흥과 문화, 여가 생활이 붐을 이룰 테니까, 빨리 영화 산업에 진출해야겠다.'

찰리 채플린의 영화가 나오는 순간부터 영화계의 진출은 생각하고 있었지만, 한동안 인재 부족으로 더 이상 사업체를 늘리는 것은 힘들었다. 하지만 최근 좋은 인재들을 추천받았고 그들이 맡은 역할을 잘 해내면서부터 여유가 생겼다. 필요한 자금이 많았기에 돈을 더 벌어야겠다는 생각을 했다.

'이래서 대기업이 문어발, 문어발 하는 건가? 그런데 나야 확실한 목표가 있어 돈이 필요한 건데 대기업들은 왜 그리 확장을 하는 거지?'

이곳에 오기 전 한국은 대기업들의 끝없이 확장에 시달렸는데, 뉴스에서 항상 말하는 것은 한 가지였다.

골목 상권 위협.

'그렇다고 판매하는 상품의 품질이 썩 좋지만은 않았는데…….'

내국인 가격 차별, 품질 차별을 포함해 여러 가지 문제가 있었는데, 회귀 전까지 제기된 문제들이 제대로 시정되는 것을 경험해 보지 못했다.

'나는 절대로 그러지 말아야지.'

미국 정부와 임시정부 사람들과의 비공식 회담 자리가 마련되었다.

간단히 인사를 하고 자리에 착석하자 본격적으로 이야기가 시작되었다.

"앞서 존에게 간단히 이야기를 전해 들은 것으로 생각해도 되겠습니까?"

"그렇습니다."

"그럼 이야기가 빠르겠군요."

"회의를 해 보았습니다. 그런데 몇 가지 추가하거나 수정했으면 합니다."

"말씀하세요."

준비해 온 지도를 펼쳤다.

"미국에서 약속한 지역은 채텀제도, 뉴칼레도니아 마지막으로 연해주입니다."

"맞습니다."

"임시정부에서는 중국 산해관, 즉 이곳까지 원합니다."

미국 정부 측 인사들은 내색하지 않았지만 크게 놀란 듯했다.

"정부에서 감당할 수 있는 수준이 아닙니다."

"물론 알고 있습니다. 그런데 본래 간도는 우리의 영토였습니다."

"인정합니다."

"그렇다면 이 나머지 부분은 논외라고 생각하시는 것 맞습니까?"

고개를 끄덕이며 긍정의 표시를 했다.

"그렇다면 걱정하실 필요 없습니다."

"무슨 말입니까?"

"일본이 산둥반도를 차지한 것을 알고 있을 겁니다."

"혹시 중국과 일본이 맺은 21개조를 말씀하시는 겁니까?"

"맞습니다. 만약 우리가 독립에 성공한다면, 일본을 통해 우리가 차지할 수 있습니다."

"잠시 회의를 중지하였으면 합니다."

"알겠습니다."

미국 정부에서는 생각지도 못했던 영토들을 새로이 거론하자 얼떨결에 끌려다니지 않겠다는 듯 적절하게 회의 중지를 요청했다.

"어떻게 생각하나?"

"어차피 남의 땅으로 인심 쓰는 것이니, 약속은 쉽게 해 줄 것 같습니다."

독립을 제외하고는 협상에 포함된 모든 것들이 미국과는 전혀 상관이 없는 것들이었다.

'그리고 생색내겠지.'

자연스럽게 독립을 쟁취하게 될 것이지만, 역사를 되풀이하고 싶지는 않았기에 확실한 안전장치가 필요했다.

 '지금 협상이 문서화되어서 남는다면, 6.25 전쟁은 없다.'

 동족상잔의 비극.

 '그것만 피해도 얼마나 다행인지 모르겠다.'

 때가 되면 하나부터 열까지 미국이 직접 신경 써서 독립을 지원할 것이다.

 "남의 땅이라…… 웃긴 말입니다."

 최재형은 쓴웃음을 지었다.

 문이 열리며 미국 정부 인사들이 다시 입장했고 회담은 재개되었다.

 "지금 바로 확답을 줄 수는 없을 것 같습니다."

 "왜 그렇습니까?"

 "너무 예상하지 못했던 부분이라 그렇습니다."

 대찬은 솔직하게 대답하는 정부 인사를 보며 의외라는 생각을 했다.

 "그렇다면 다음에 다시 만나 회담하는 것이 좋을 것 같습니다."

 양보할 수 없다는 듯이 이회영이 압박하였다. 조국의 미래가 결정지어지는 상황이니 조금이라도 양보할 수는 없는 일이었다.

 "좋습니다. 더 요구할 사안이 있습니까?"

"약속하신 영토들을 언제까지 확보해 줄 건지 알고 싶습니다."

"연해주는 시간이 걸릴 테지만, 채텀제도와 뉴칼레도니아는 협상이 끝난 상황입니다."

"좋습니다. 마지막으로 임시정부에 어떠한 지원을 해 줄 것인지 궁금합니다."

정부 인사는 대찬을 바라보았다.

"존이 존재함으로써 이미 충분한 지원이 되고 있다고 생각합니다."

대찬은 미국에서 가장 유명한 인물 중에 하나였다. 그만큼 일거수일투족 무엇을 하는지 시시각각 보고를 받았고 어떠한 일을 하는지 잘 알고 있었다.

"그럼 제가 무엇을 하든지 신경 쓰지 않는 것입니까?"

"……."

공식적인 답변은 하지 않았지만 눈빛만큼은 확실했다.

무언의 긍정.

"국익에 도움은 되어야겠지요?"

농담조로 말했지만 간담이 서늘한 말이었다.

"물론입니다."

"그럼 이만 회담은 마치고 2주 뒤에 다시 만나도록 하지요."

"알겠습니다. 덕원 씨."

대찬의 부름에 준비해 놓은 물건들을 가지고 왔다.

"먼 길 오셨는데 관광 상품이라도 가지고 집에 가셔야지요."

인원수에 맞게 나무 상자로 포장된 물건을 건넸다. 선물을 받은 사람들은 슬쩍 열어 보았다.

"……!"

"약소합니다. 부담 없이 선물처럼 생각하시면 됩니다."

"흠흠, 고맙습니다."

"그럼 다음에도 웃는 얼굴로 뵙도록 하지요."

정부 인사들을 배웅하고 임시정부 인사들과 대화하기 시작했다.

"그런데 뭘 건네줬기에 표정이 좋아져서 간 것인가?"

"술입니다."

"술? 도대체 어떤 술을 주면 그렇게 싱글벙글하며 가는 겐가?"

"와인이라고 포도주인데, 서양 사람들이 아주 좋아하지요."

"오! 금산 자네, 좋은 와인이 많이 있나 보군?"

미국과 러시아에서 생활해 보았고 헤이그에 특사로 네덜란드까지 갔다 왔던 이상설은 단박에 그 의미를 알아챌 수 있었다.

"네, 운이 좋았습니다."

"좋은 술인가 보구먼."

이회영은 고개를 휘휘 저었다.

"미국은 어떻게 반응할 것 같나?"

"아까도 말씀드렸지만 남의 땅으로 생색내는 거니 수용할 것입니다."

"그럼 앞으로 우리가 더 얻어 내야 할 것은 없나?"

"지금도 상당히 무리한 것이라고 생각합니다. 더 이상 요구했다가는 오히려 제안을 철회할 수도 있습니다."

회담은 좋은 방향으로 진행되고 있었는데, 대찬의 생각으로는 지금의 제안이 마지노선이었다. 더 이상 요구했다가는 상황이 어떻게 변할지 알 수 없었다.

"그런데 채응언 의병장 구출하러 간 우성이 궁금하구먼."

이회영의 발언에 무거운 침묵이 깔렸다.

"좋은 소식이 있겠지요."

안창호는 희소식이 들리길 바라는 마음으로 말했다.

"암, 그래야지!"

🎩

창수는 지칠 대로 지친 상태였다.

"헉헉."

입에서는 단내가 풀풀 났다. 하지만 멈출 수는 없었다.

아메리칸
드림

'조금만 더 가면 연해주다.'

처음 평양을 출발할 때 함께했던 동료들은 열한 명이었다. 그런데 지금은 일곱 명으로, 연해주 근방까지 오기까지 네 명의 동료들이 죽었다.

"헉헉, 다 왔어! 조금만 더 힘내!"

부상 입은 동료를 다독이며 쉬지 않고 걸었다.

탕탕.

"지독한 놈들!"

광복군이 탈출할 수 있는 가장 가까운 경로는 연해주를 통해서 사할린으로 가는 것이었다. 상해로 이동해 배를 타고 사할린으로 갈 수도 있었지만, 창수는 빠르게 갈 수 있는 길을 택했다. 그런데 그 길의 길목마다 일본군이 먼저 도착해 기다리고 있었다.

탕.

"악!"

부상 입었던 동료가 총을 맞았다.

창수가 큰 소리에 뒤를 돌아보니 쓰러진 동료와 눈이 마주쳤다.

동료는 창수를 보며 손짓했다. 그리고 나오지 않는 목소리로 입만 벙긋벙긋했다.

'어서 가.'

창수는 눈시울이 붉어졌다.

"으어엉!"

눈물을 흘리며 달릴 수 있는 최대한의 속도로 연해주를 향해 뛰었다.

🎩

"여보세요."

ㅡ손녀사위, 잘 지내고 있는가?

"아, 오랜만이에요."

딱히 연락할 일이 없었기에 존과의 통화는 오랜만이었다.

ㅡ그런데 좋은 소식 없는가?

"좋은 소식요?"

ㅡ예를 들어 임신을 했다거나, 아이를 가졌다거나, 2세가 생겼다거나?

"끄응······."

ㅡ기대하고 있네, 하하.

"때가 되면 생길 겁니다."

ㅡ내가 마음이 급하다네.

"어휴."

ㅡ알겠네. 그만하지. 전화한 것은 정부에서 연락이 왔기 때문이네.

"네?"

-한 가지 물어봐 달라고 하더군.

대찬의 얼굴이 구겨졌다. 최대한 조용히 진행되길 원했기 때문에 가까운 사이인 존에게 이런 이야기를 듣는 것이 탐탁지 않았다.

"무엇을요?"

미국 정부 처사에 불만이 있었기에 조금은 퉁명스럽게 말이 나왔다.

-더 이상 요구 사항을 충족시켜 줄 수 없다고 하더군.

"어디까지인가요?"

심각한 어투로 질문했다.

-아, 잘못 이해했나 보구먼. 지금까지 요구한 것은 수용하는데, 더 이상의 협상은 없다고 하네.

좋지 않는 소식이라 생각하고 앞으로 대처 방안을 생각하고 있었는데 뜻밖의 희소식이었다.

"정말요!"

-내가 들은 바에 의하면 그렇다네.

"그럼 좋습니다."

-곧 협상이 타결되겠구먼.

"지금처럼만 진행되면 그러겠지요."

-흠, 너무 복잡한 일을 많이 하지 않는 게 좋을 것 같네.

"하, 하……."

그만둘 수 없는 일이었기에 대찬은 적당히 웃음으로 얼버

무렸다.

─좋은 와인을 많이 보냈더군.

"운 좋게 구할 수 있었어요."

─고맙네. 잘 마시도록 하지. 그리고 언제 한번 방문하지 않
겠나?

'생각해 보니 록펠러 가문에 방문한 적이 없네?'

항상 존이 방문하거나 약속 장소를 정해 만났기 때문에 대
찬이 록펠러 가문에 방문한 적은 없었다. 언제고 한 번은 방
문을 해야 했다.

'한번 가 봐야겠다.'

"알겠어요."

─좋아, 그럼 빠른 시일 내에 보도록 하세.

전화를 끊고 일에 집중했지만 금방 끝났다.

"왜 이러지?"

밀려드는 업무에 정신이 없었는데, 시간이 지날수록 할 일
이 없었다. 최근 들어서는 사업체들이 잘 돌아가는지 문제도
없고 굵직한 일도 없었다.

"할 일이 없네."

열심히 일하고 있는 부하 직원들에게는 미안한 일이지만
딱히 처리해야 될 업무가 없었다.

톡톡.

일거리를 찾기 위해 책상을 두들기며 고민해 보았지만

새로운 일을 만들지 않는 이상 일거리가 생길 것 같지는 않았다.

"사업체를 늘려야 하나?"

바쁘게 시간을 보내는 것에 익숙해서, 시간이 남자 불안해졌다.

"덕원 씨."

"부르셨습니까?"

"여기서 가장 가까운 사업체가 어디죠?"

"라디오 방송국 건설 현장입니다."

"다른 곳은?"

"나이트클럽입니다."

'두 곳 다 가고 싶지 않은데…….'

먼지만 풀풀 날리는 공사장에 가서 도움될 일이 없었고 나이트클럽에는 취미가 없었다.

유행을 선두하기 위해서 사업을 시작했지만, 그 이면에는 라디오를 통해 스타를 만들어 콘텐츠 사업을 하려는 목적도 있었다. 그 때문에 문제없이 잘 돌아가기만 하면 되었다. 즉, 별다른 관리가 필요가 없었다.

"어휴."

항상 바쁘다고 투덜대기 일쑤였지만 상황이 이렇게 되자 바쁘게 살았던 때가 그리웠다.

"차 대기시켜요. 집으로 가죠."

이른 시각에 집으로 갔다.

"어머나, 요즘에는 일찍 퇴근하네요?"

엠마가 반가워하면서도 근래 들어 일찍 퇴근하는 대찬이 걱정스러운지 퇴근의 이유를 물었다.

"요즘 시간이 남네요."

"그래요?"

무슨 말을 하려는지 입술이 꿈틀거렸지만 밖으로 나오지는 않았다.

"걱정하지 말아요."

"네."

"참, 존이 초대를 해 왔어요."

"할아버지가요?"

"네, 그러니까 적당한 일정을 정해 봐요."

"같이 가는 거예요?"

대찬이 고개를 끄덕였다.

"와!"

아이처럼 좋아하는 엠마를 보고 피식 웃음이 났다.

다시 열린 2차 회담.

"사전 조율이 된 것은 알고 계시지요?"

정부 측 인사에게 임시정부 인사들은 고개를 끄덕였다. 더 이상 영토를 늘릴 필요가 없었다. 한인들의 인구수가 충분하지 않아 지금 정해 놓은 영토를 차지하더라도 충분했다.

"그렇다면 더 이상 수정 없이 진행하겠습니다."

"좋습니다. 그런데 미국이 얻는 것은 무엇입니까?"

국제 정세를 보면 지금의 계약이 전혀 미국에게 이득이 없었다. 그렇다고 한국의 독립을 위해 전폭적인 지원이 있는 것이 아니라 추이를 지켜보고 움직이자는 식이었다.

"솔직한 답을 원하십니까?"

"그렇습니다."

"동맹의 대상으로 한인들은 가치가 전혀 없거나 미미한 상황입니다. 그런데도 불구하고 자칫 잘못해서 이 문건이 유출되면 일본에 공작을 하는 것이 되니 도움이 되지도 않지요. 하지만……."

회담장에 존재하는 모든 눈이 대찬에게로 쏠렸다.

"존 씨가 있음으로 한인들이 재평가가 되었고, 최근 일본에 대해 재평가가 이루어지면서 태평양 정책에 변화가 왔습니다."

"태평양 정책?"

"미국은 태평양을 통해 열강과 맞닿는 상황을 원하지 않습니다."

일본을 지원해 줬던 가장 큰 이유는 일본을 통해서 러시아의 태평양 진출을 막기 위함이었다. 그런데 일본이 어느새 열강들 틈에 발을 들이밀어 자리를 차지하자, 미국은 이를 큰 위험으로 보았다.

"한인은……."

"그렇습니다. 우리는 태평양에 확실한 우방이 필요합니다."

태평양에서 미국의 우방으로는 호주와 뉴질랜드가 있었지만, 인구수도 적고 발전 상태도 미미했다. 더군다나 독립을 했다지만 아직까지 대영제국연방의 일원으로 소속되어 있기에 독립국가라고 판단하기에는 무리였다.

"이만하면 충분한 이유가 된다고 생각합니다."

듣고만 있던 대찬은 깜짝 놀랐다.

'와! 미국은 이 시대에서도 새판을 짜는구나!'

놀라고 있는 사이 최재형이 물었다.

"그런데 한인들로 충분하겠습니까?"

"이미 정규군대도 5만 이상이고 큰 전투에서도 승리했더군요. 미국 정부는 이만하면 충분하다고 판단했습니다."

"허."

임시정부 사람들은 미국이 광복군에 대해 자세하게 파악하고 있는 것을 알고 깜짝 놀랐다.

"그렇게 많은 정보를 어떻게 알고 있는 것입니까?"

"기밀이라 답할 수 없습니다."

미국이 광복군의 숫자와 아무도 모를 거라 생각했던 대승산 전투에 대해서 자세하게 일고 있는 듯한 뉘앙스를 풍기자 분위기가 삽시간에 얼어붙었다.

짝.

대찬은 어느 정도 예상하고 있는 바였기에 회담의 분위기가 더 이상 나빠지지 않게 하려 일부러 박수를 쳐 주의를 환기시켰다.

"더 이상 조율할 것이 없다면, 정식적으로 문서를 작성하시죠."

"좋습니다."

협상 서류를 작성하는 건 금방이었다. 사전에 조율되었기에 서명을 하고 곧바로 교환하여 서명했다.

"이로써 미국 정부와 대한민국임시정부의 비공식 동맹이 맺어졌습니다."

사내는 자연스럽게 손을 내밀었고 임시정부의 수장으로 서명한 이상설은 익숙하게 맞잡았다.

공식적인 행사가 끝이 나고 뒤풀이로 사람들은 뒤섞여서 다과와 함께 담화를 나누기 시작했다.

'이로써 6.25는 없다.'

대찬은 가장 끔찍하게 생각했던 6.25 전쟁이 일어나지 않을 것이라는 사실에 뛸 듯이 기뻤다.

'더불어서 고토도 찾아올 수 있게 됐으니 꿩 먹고 알 먹

고!'

아무도 모르는 이야기였지만 가장 비극적인 일을 막았다는 사실에 대찬은 마음이 뿌듯했다.

그때 덕원이 황급한 얼굴로 대찬의 근처로 다가와 귓속말을 했다.

"……."

대찬의 눈이 부릅떠졌다.

"허."

대찬의 탄식에 뭔가 심상치 않은 일이 있음을 깨달은 사람들은 의문 섞인 표정을 지으며 그를 바라보았다. 작은 소리가 아니었기에 일시에 집중되었다.

"무슨 일인가?"

그동안 가장 많이 대찬을 만나 본 안창호가 심상치 않은 일임을 직감하고 물었다.

"우성 선생님 일입니다."

"우성? 무슨 일인가!"

"그게……."

말을 하지 못하고 뜸을 들이자 직감했다. 그중 이회영은 충격이 심했는지 자리에 주저앉았다.

"그렇게 된 것이군."

한국말로만 대화가 오갔기에 정부 인사들은 어리둥절했지만 느낌만으로는 좋지 않은 일임을 알 수 있었다.

아메리칸
드림

"무슨 일입니까?"

"동료의 부고 소식입니다."

"그렇습니까? 삼가 조의를 표합니다. 우리들은 이만 가 봐야겠군요."

"감사합니다. 그럼 다음에 뵙죠. 덕원 씨."

익숙하게 손님을 배웅하기 시작했다. 떠나는 손님들에게는 저번과 마찬가지로 손에 물건이 하나씩 쥐여 있었다.

"상복을 입어야겠어."

"후⋯⋯."

"그 친구가 죽다니."

"자세한 이야기는 없나?"

일이 어떻게 된 것인지 자세한 상황을 설명해 달라 대찬에게 물었다.

"저도 막 들은 터라 자세한 내용은 모르지만, 채응언 의병장을 구출하고 불시에 습격한 일본 군대의 총에 맞았다고 합니다."

"저런, 채응언 의병장은?"

"광복군에 합류하지 않고 따로 떠났는데, 현재는 행방불명이라고 합니다."

손님을 배웅하고 돌아온 덕원이 재빠르게 답했다. 이 이야기는 대찬이 모르고 있었기 때문이었다.

"구출 작전에 나갔던 인원들은 어떻게 되었다고 하나?"

"일본이 대대적으로 선포해서 사망 인원을 공개했는데, 국내에 있는 신문에 의하면 531명까지 집계되었다고 합니다."

"천 명이 넘는 인원이……."

말을 잇지 못했다.

처음부터 피해가 있을 것이라 생각했지만 지금처럼 많은 피해는 예상하지 못했다. 그만큼 광복군은 실력에 자신 있었다.

"상복을 입어야겠습니다."

이회영의 말에 모두 고개를 끄덕였다.

발 없는 말이 천 리 간다고 했던가?

한인이 둘 이상 모이면 어김없이 국내에서 일어난 일을 이야기하기 바빴다.

"안타까운 인물이 갔어."

"그러게. 채응언 의병장 행방도 모른다고 하던데."

"다수의 젊은이들이 죽었고, 쯧쯧. 세상이 원망스럽네."

안타까움과 미안한 감정, 본인은 왜 이렇게 살아가는지에 대해서 사람들은 복잡적인 감정을 가졌다.

"상복을 입어야지."

한인들은 모두 하얀 상복을 입기 시작했다.

샌프란시스코 타임.

아메리칸
드림

당신은 최근 하얀 물결을 본 적이 있는가?

기자는 하얀 세상을 보며 마치 천국에 있는 것이 아닌가 생각했다. 그런데 이러한 생각도 잠시 자세한 사정을 알게 되자 저절로 고개가 끄덕여졌다.

우리에게는 너무 익숙한 한인들은 평소에도 하얀색 옷을 즐겨 입지만 쉬는 날을 제외하고는 때가 잘 타는 하얀색을 피한다고 한다.

의문이 생긴다. 왜 하얀색 옷을 입었을까?

궁금함에 친분이 있는 한인 친구에게 물어보았다.

"우리는 사람을 하늘로 보냈을 때 흰색 옷을 입는다네."

그렇다. 한인들 전체가 슬퍼할 만큼 많은 사람들의 부고를 들었던 것이다. 내막을 알게 되자 하얀색이 아름다워 보이지 않고 지독하게 슬퍼 보였다. 그리고 평소 고인을 기리는 자리에서 검은색을 입는 문화와 달랐기에 이를 알지 못했던 기자는 미안함을 느꼈다.

고인을 기리는 한인들의 문화는 마치 천국을 재현한 듯 아름답지만 짙은 슬픔과 숙연함을 느낄 수 있었다.

한인의 영웅들에게 삼가 조의를 표합니다.

♠

창수와 동료 한 명은 대승산 주둔지 입구에 도착할 수 있었다. 목숨처럼 아끼는 총을 들고 있지 않았다면, 거지로 오해할 것이다.

"정지!"

"아!"

순간 찾아오는 어둠으로 인해 창수는 선 자세 그대로 쓰러졌다.

"뭐야?"

경계를 서던 병력이 뛰쳐나와 상태를 확인했다.

"숨이 있습니다."

"빨리 옮겨!"

목에 걸린 인식표로 인해서 광복군의 일원임을 확인할 수 있었다.

보존

　각국은 참호전을 타개하기 위해 숱한 신병기와 전술을 개발했다.

　박격포와 수류탄이 등장했고 보병 전술이 개발되기 시작했다.

　독일은 독가스를 사용해 최초의 화학전을 시도했고 영국은 전차를 발명했다.

　1914년 9월 독일을 무찌르기 위해 '탱크'라는 암호명을 가진 전차를 개발하기 시작했다. 기관총을 제압하고, 철조망을 파괴하고, 돌격하는 보병을 보호하고, 적의 포병을 제압하기 위해서였다.

　영국의 스윈턴 공병 중령은 미국의 트랙터에서 힌트를 얻어 '마크 1호'란 최초의 전차를 만들었다. 이것은 트랙터처럼 무한궤도로 움직이는 바퀴를 달고 있었고, 두꺼운 철갑으로 몸을 두르고, 57밀리 곡사포와 기관총 두 대를 탑재했다.

그러나 이러한 신병기들로도 참호전의 양상을 궁극적으로 타개하지는 못했다.

독가스는 사용 조건에 제한이 있는 데다 화학전 방호 장비가 보급되면서 효력이 없어졌고, 전차는 가장 획기적인 발명이었으나 성능이 부족한 데다 전차 운용에 대한 노하우가 없어서 주먹구구식으로 운영하는 바람에 별다른 이득을 얻지 못했다. 그저 움직이는 엄폐물 정도의 수준이었다.

이탈리아의 참전 이후 전선의 길이가 한층 더 확장되기 시작했다. 군사 강국으로 분류되던 이탈리아였으나 똑똑하지 못한 병력 운영으로 별다른 소득을 얻지 못했고, 반대로 동맹국에 새로운 동료가 생겼는데 불가리아였다.

본래 불가리아는 친러시아, 반오스만 국가였는데 2차 발칸반도에서의 패배의 원한으로 세르비아에 선전포고한 후에 동맹국의 일원으로 참전하였다.

"와, 벌써 전차가 나왔네."

신문을 읽고 있던 대찬은 혀를 내둘렀다.

"확실히 전쟁이 엄청나게 기술을 발전시키네."

하루가 지나면 새로운 물건이 쏟아져 나왔다. 모든 물건은 필요에 의해서 탄생하는 것이니 얼마 지나지 않아도 또 한

단계 업그레이드되는 물건들이 나올 것이다.

"뭘 그렇게 재미있게 보나?"

"아, 오셨어요?"

대찬은 최재형과 면담을 요청했다.

"보자고 한 이유가 뭔가?"

"부탁드릴 게 있어서요."

"말해 보게."

"앞으로 사할린을 개발할 생각이에요."

"반가운 소리구먼. 내가 해 줘야 될 게 무엇인가?"

"이곳저곳 많이 상행을 다니셨다고 들었어요."

"맞네."

"사할린 북쪽 깊숙이도 가 보셨나요?

"흔치 않는 일이지만 한번 가 본 적은 있네."

사할린은 한인들 덕분에 인구수가 10만 이상이 되었지만, 본래 기껏해 봐야 러시아인, 중국인, 한인 들을 포함해서 2만 명도 넘지 못했었다.

"좋아요. 그럼 무언가 숨길 수 있는 공간을 만들 수 있겠죠?"

"흠, 시간이 필요하겠지만 가능하네."

일본은 현재 경제적으로 대호황이었다. 더불어 열강으로 편입이 되어 가고 있는 실정이었는데, 간단한 정찰을 통해 광복군의 모든 것이 낱낱이 밝혀지는 상황이었다.

"아무도 모르게 비밀 기지를 하나 만들어 주세요."

"아무도 모르게라……. 크기는?"

"군사시설이에요. 비행기를 포함해서 여러 가지를 숨길 수 있는 공간이 필요해요."

대찬이 생각하고 있는 시설은 회귀 전 북한의 갱도였다. 북한은 군수물자가 있는 곳은 항상 갱도를 만들어서 모든 시설의 노출을 피하고 공격당했을 시 대피할 수 있는 시설을 구비해 놓고 있었다.

대찬은 광복군은 약자의 입장이니 일본에 불시에 일격을 가할 수 있는 무기와 군대를 숨겨야 할 필요성이 있다고 느낀 것이다.

"어렵군. 그리고 만들 수는 있겠지만 시간과 비용이 만만치 않을 것 같네."

최재형 역시 상황을 이해했고 불가능하다는 생각은 일단 배제하고 방법에 대해서 골똘히 생각했다.

"부탁드립니다."

"알겠네. 그런데 한 곳만 만들면 되나? 내 생각에는 여러 군데 필요할 것 같네만."

"여러 군데 있으면 좋겠죠."

"맡겨 주게. 참 그리고 도산이 자네를 만나고 싶어 하더군."

"도산 선생님이요?"

"중요한 일이라고 하더군."

"그래요? 덕원 씨, 도산 선생님 어디 계신가요?"

"잠시 국민회에 가셨습니다."

국민회는 안창호의 주도로 만들어진 곳이었기에 시간이 날 때마다 지속적으로 방문하고 있었다.

그러면서 '임시정부에서 국민회의 역할을 배워야겠습니다.'라며 효율적인 부분에 대해서 새로이 배우길 주저하지 않았다.

"돌아오시면 뵙자고 말씀 좀 전해 주세요."

"알겠습니다."

"그럼 나는 이만 가 보겠네."

"아, 이거 가지고 가세요."

몇 장에 서류를 최재형에게 건네주었다.

"이게 뭔가?"

"제가 구상해 보았던 겁니다. 도움이 되었으면 좋겠네요."

최재형이 고개를 끄덕이며 사무실을 나갔다.

'광복군은 북쪽에서 남하해야 한다.'

태평양전쟁이 시작되고 난 후에 본격적으로 전선이 형성되는 곳은 대부분 일본을 기준으로 남쪽이었다. 특히 소련은 유럽에 집중해서 일본을 상대로 동쪽에는 딱히 전선이라 부를 만한 곳을 형성하지 않았으니, 일본은 모든 역량을 미국에 집중할 수 있었다.

"하나씩 하나씩 해 나가면 꿈은 이루어진다."

혼자 남아 앞으로 일을 생각하고 있을 무렵, 덕원이 안창호가 왔음을 알렸다.

"어서 오세요. 보자고 하셨다면서요?"

"맞네. 긴히 할 이야기가 있었네."

"말씀하세요."

"자네가 했던 말 있지 않은가, 우리의 것을 지켜야 한다는 말."

"네."

"사실 이걸 이야기하는 게 웃길 수도 있다고 생각했지만 꼭 지켜야 될 것이 있다고 생각했네."

"뭔가요?"

"토종 동식물들이네."

"네?"

한 번도 생각해 본 적 없었던 주제였다.

"국내를 기준으로 서쪽으로는 바다표범이, 동쪽으로는 물개가 있고 국내에서는 표범과 호랑이 등등 많은 동물들이 살고 있네. 그런데 문제는 급속히 사라지고 있다는 점이지."

"그렇게 많은 동물들이 있나요?"

"그렇다네. 자네는 줄곧 미국에서 살아와서 보지 못했겠지만 진귀한 동물들이지."

'한국에 바다표범, 물개, 표범이?'

대찬은 회귀 전에 국내에 존재한다고 보지도 들어 보지도 못했던 동물들이 나열되자 자신이 알던 한국이 맞나 싶었다.

"문제가 뭔가요?"

"한인들에게 문제는 단 하나밖에 없다네."

"일본이군요."

"맞네."

"방법이 있나요?"

"나에게는 방법이 없으니 자네에게 알려 주는 것이 아니겠나?"

"흠……."

'육지 동물이라면 어떻게 옮겨서 동물원 같은 걸 만들어서 보호할 수는 있겠는데…… 동물원? 동물원!'

"도산 선생님, 혹시 생포해서 미국까지 옮길 수 있나요?"

"생포할 수는 있겠지만 미국까지 옮길 수 있을지는 장담할 수 없네. 특히 물속에서 생활하는 동물들은 방법이 없네."

"충분해요!"

"그런데 이제는 나도 국내에 못 들어간다네."

"아……."

안창호는 지금까지 꾸준히 국내 유물을 사들이고 대찬에게 보내는 역할을 해 왔었다.

"그럼 지금까지 유물들은?"

"일본의 영역 밖에서 사람을 두고 사들였었네. 이제는 그

마저도 힘들게 되었지만."

"알겠습니다. 제가 방법을 생각해 보지요."

안창호와 대화가 끝나고 대찬은 제레미와 대화가 필요함을 느꼈다.

"덕원 씨, 지금 제레미는 어디에 있지요?"

"현재 퀸샬럿 제도에 가 있는 것으로 압니다."

"어휴."

퀸샬럿 제도와는 전화가 연결되지 않아 통화할 수 없었다. 당장 문제를 해결하고 싶었지만 다른 방법을 찾아야만 했다.

대찬은 펜을 들고 요구 사항을 적었다.

"덕원 씨, 퀸샬럿 제도로 가는 배를 수배해서 최대한 빨리 제레미에게 전달될 수 있게 해 주세요."

"네."

"아, 잠깐!"

"네."

"프랭크 씨도 호출해 주세요."

"알겠습니다."

모든 일이 끝이 나자 창밖으로 보이는 하늘은 어둠이 내려앉고 있었다.

"차라리 바쁜 게 낫구나!"

동물원을 기획하고 있자 얼마 지나지 않아 프랭크가 도착했다.

먼지가 잔뜩 묻은 복장으로 하루 종일 힘들었는지 얼굴이 퀭해져 있었다.

"힘들었을 텐데 불러서 미안합니다."

"아닙니다. 하실 말씀 있으신지요?"

"다름이 아니라 동물원을 하나 만들어 보고 싶어서요."

"동물원요?"

"맞아요. 여기 보세요."

대찬이 만들어 놓은 서류를 넘겨주었다.

"호오."

흥미로운지 빠르게 읽어 내려갔다.

"가능하겠습니까?"

"색다른 시도입니다. 유리 문제만 해결된다면 충분히 가능하다고 생각합니다."

"역시 유리가 문제군요."

"하지만 충분히 시도해 볼 만하다고 생각합니다."

"그럼 부탁할게요."

신기한 것을 발견한 아이처럼 프랭크는 신나 했다.

"이제 구하는 방법만 남은 건가?"

동물을 구해 올 사람이 필요했다. 그러기 위해서는 국내에 갈 수 있는 사람이 필요했는데, 일단 한인들은 제외였다.

"그럼 외국인을 통해서 구해야 하는데……. 외국인, 국내에 갈 사람, 응?"

한국에 방문하기 위해서 서두르고 있는 사람이 생각났다.

"매튜! 하하, 일이 되려나 보네. 딱딱 맞아떨어지네!"

일순간 대찬의 모든 고민이 해결되었다.

"그런데 이런 고민들을 내가 해야 될까?"

일이 생기거나 문제가 생기면 혼자서 끙끙대며 해결하기에 벅찬 것들이 꽤 있었다.

"나 대신 생각해 줄 사람들이 필요하네."

사업체를 운영하면서 각자의 자리를 꿰차고 일을 시작하자 수뇌부를 만나기가 힘들었다. 특히 상당한 권한의 자율성을 보장해 주었기 때문에 서로 사업체를 키우느라 바빴다.

"두뇌 집단."

전적으로 대찬을 위하고 대신해서 창의적이고 효과적으로 문제의 해결책을 제시할 집단이 필요했다.

"이것 역시 큰 줄기만 정해 주면 알아서 굴러갈 테니까 말이야."

여러 기업들의 총수인 대찬을 근처에서 보좌하며 성공할 수 있는 길을 개척할 수 있다는 점에서 미국인들에게도 매력적으로 보일 것은 분명했다.

"문제는 광복군 관련해서는 한인들이 필요하다는 건데, 그만큼 교육을 받은 사람이 있을까? 마침 유일한 씨는 있는데……."

두뇌 집단, 싱크탱크를 생각하자 제일 먼저 떠오르는 사람

은 유일한이었다. 그리고 다음으로 떠오른 사람은 조병옥이
었다.

"귀찮게 굴기는 했지만 대학교에서 경제학을 전공하고 있
다니까 쓸 만할 것 같기는 한데……."

미국인들을 모집하는 것은 전혀 어렵게 생각되지 않았지
만 한인들은 고민이 많이 되었다.

"철영이 형이 한인들을 많이 검증하고 있으니 추천을 받아
야겠다. 그나저나 인구수가 적어서 그런지 인재가 부족하네."

대부분 능력 있는 사람들은 죄다 광복군에 투신하거나 국
내에서 활동하고 있었다.

오래전부터 장학금을 지원하며 많은 사람들을 대학 교육
을 받을 수 있게 노력하고 있었지만, 뛰어난 능력을 가지고
있다고 생각되는 사람은 쉽게 나오지 않았다.

"끄응, 될 수 있으면 뛰어난 인재가 많이 나왔으면 좋겠는
데…… 내가 눈이 높은 건가?"

사업체는 적당히 추천받아서 꾸역꾸역 채워 넣었지만 두
뇌 집단에는 아무나 집어넣을 수 없는 노릇이었다.

그러다 문득 생각나는 사람이 있었다.

"명환이 편지나 읽어야지."

대찬은 편지를 읽으면서 점점 눈이 커지기 시작했다.

"서재필!"

미국에 있는 줄은 꿈에도 생각하지 못했는데, 명환의 편지

에 서재필의 근황이 적혀 있었다.

"허, 이걸 좋아해야 돼? 말아야 돼?"

서재필 역시 조병옥과 마찬가지로 후대에 평이 갈리는 인물이었다. 똑똑한 인물인 것은 확실했지만 불안한 마음이 컸다.

"문제야, 문제."

특히 독립신문을 일본에 매각하려 기도하였다는 사실이 너무 마음에 걸렸다.

"경계가 애매한 사람이야."

함부로 사람을 쓸 수 없기에 고민은 깊어져만 갔다.

'사람 구하기가 이렇게 힘들 줄이야. 회귀 전에는 똑똑한 사람들도 일자리가 없어서 놀고 있었는데……'

마음 같아서는 회귀 전 그들을 모두 데려다 일을 시키고 싶었다.

"차라리 이럴 때 아무것도 모른다면 편견 없이 사람만 판단할 건데!"

답답함만 쌓여 갔다.

"가능하겠어요?"

며칠이 지나고 제레미가 사무실을 방문하자 그사이 생각해 두었던 것을 이야기했다.

"가능하다고 생각합니다."

바다표범이나 물개를 샌프란시스코까지 옮기는 덴 수조가

아메리칸
드림

필수였다.

"그런데 옮기는 건 문제가 없습니다만, 먹이는 어떻게 할까요?"

"먹이?"

"그렇습니다. 많은 개체수를 이동시키면 먹이가 많이 필요할 것인데, 매일 낚시를 한다고 하더라도 충분히 공급될 것 같지 않습니다."

"그건 냉장⋯⋯."

자연스럽게 냉장고 이야기를 꺼내다가 말이 멈췄다. 아직까지 제대로 된 냉장고가 없었기 때문이었다.

냉장고에 먹이를 보관 후에 적당히 나누어 주면 되겠지만 현재로서는 불가능한 일이었다.

"한국에서 샌프란시스코까지 걸리는 시간이 얼마지요?"

"약 한 달 정도 됩니다."

생각지도 못했던 문제였다.

"끄응⋯⋯."

딱히 방법이 생각나지 않았다.

"제레미, 동물학자에게 의뢰해 봐야겠어요. 물개가 뭘 먹는지는 지금으로는 생선을 제외하고는 생각이 나지 않네요."

"알겠습니다. 그럼 제가 학자들에게 자문을 구해 보겠습니다."

"부탁해요."

"네, 그리고 쇄빙선 건조가 완성 단계에 있습니다."

"정말요?"

쇄빙선의 건조를 지시한지 1년, 드디어 계절에 상관없이 운영할 수 있는 배가 건조되었다는 기쁜 소식을 들을 수 있었다.

"이번에 퀸샬럿 제도로 들어가면 완성된 배가 진수식을 할 것 같습니다."

"이야! 덕원 씨!"

대찬은 진수식 소리에 한 가지가 생각났다.

"부르셨습니다."

"와인 창고에 가서 좋은 와인 한 병 아니, 두 병 챙겨다 주세요."

"네."

덕원이 나가자 제레미는 입을 열었다.

"갑자기 와인은 왜?"

"아, 한 병은 선물이고요. 또 다른 한 병은 진수식에 썼으면 좋겠어요."

"보통 샴페인으로 많이 하는데 특별한 진수식이 될 것 같습니다."

똑똑!

노크하는 소리와 함께 덕원이 들어왔다.

"여기 있습니다."

아메리칸
드림

가지고 온 와인은 두 병 다 밀봉된 지 백 년이 넘은 것들이었다.

"가지고 가서 쇄빙선 진수식에 써 주세요."

"알겠습니다. 와인의 나이를 보니 쇄빙선이 앞으로 백 년은 거뜬할 것 같습니다."

"하하, 그래야죠!"

그토록 기다렸던 쇄빙선이기에 백 년 된 와인이 아깝다는 생각이 들지 않았다.

제레미와 면담이 끝나고 대찬은 존 웨스턴 대학교를 방문했다. 매튜에게 연락받기를 모든 일정과 계획이 만들어졌으니 확인해 달라고 했기 때문이었다.

학교에 들어서자 처음과 달리 굉장히 많은 사람들이 있었다.

"와, 정말 사람 많다."

처음부터 부지를 크게 잡고 건물 사이사이 여유 공간이 많았는데 처음 본 것들이 많이 자리 잡고 있었다.

"어!"

황급히 놀라 얼굴을 가렸다.

그곳에는 대찬의 동상이 서 있었다. 멀리서 봤을 때는 한복을 곱게 차려입은 남자가 있기에 '한국 문화를 알리려고 만들었나 보구나.' 하고 생각했는데 차가 점점 가까이 갈수록 낯이 익었다.

'아우, 쪽팔려!'

부끄러움을 뒤로하고 차는 계속 움직였고 한 건물 앞에서 멈췄다.

누가 알아볼까, 모자를 푹 눌러쓰고 건물 안으로 들어가 프랭크의 사무실에 들어갔다.

"프랭크!"

"아, 오셨습니까?"

느긋하게 앉은 상태로 대찬을 바라보는 게 묘하게 웃고 있는 것 같았다.

"밖에 저거 뭐예요?"

"네?"

"저기 저 동상 말이에요."

광장 정중앙에 서 있는 동상을 가리켰다.

"아, 설립자를 기념하기 위해 만들었습니다. 마음에 드십니까?"

"물어보지도 않고 저런 것을 만들면 어떡해요!"

"네? 서류로 올렸습니다."

"허, 그런 서류 본 적이 없어요!"

프랭크는 어느 책장을 열어 서류를 뒤적이다가 하나를 꺼냈다.

"여기 보십시오."

아메리칸
드림

서류에는 교묘하게 거의 지워질 듯 말 듯 한 글씨가 적혀 있었다. 그리고 서명란을 보니 대찬의 서명이 들어가 있었다.

"끄응……."

프랭크의 입꼬리가 한층 올라갔다.

"그런데 무슨 일로 오신 겁니까?"

"한국방문단 준비가 끝났다고 최종 결재를 해 달라고 해서요."

"아, 이야기 들었습니다. 저도 이번에 함께 갑니다."

"프랭크도요?"

"그렇습니다."

"그럼 동물원은?"

"이미 공사 시작했습니다. 그리고 한국에 가 있는 동안 스 승님이 관리해 주시기로 했습니다."

"그래요?"

"이번 기회를 쉽게 포기할 수 없었습니다. 더군다나 일본 이 한국 건축물을 마구잡이로 파괴한다는 소식에 지금이 아 니면 온전한 건물들을 볼 수 없겠다는 생각이 들더군요."

프랭크는 살짝 화가 난 음성으로 말했다.

그는 몇백 년 된 성문을 해체해서 판매하는 일본에 상당한 불쾌감과 분노를 느끼고 있었다. 스스로가 한옥의 전문가가 되었기에 앞으로 몇백 년은 더 굳건히 자리를 지키고 아름다 움을 뽐낼 문화유적이 사라진다고 생각했던 것이다.

"만약 서대문같이 위험하고 위태로운 게 있다면 자비를 들여서라도 사 올 생각입니다."

"고마워요."

똑똑.

노크 소리가 들리고 매튜가 들어왔다.

"안녕하세요, 매튜 씨."

"이사장님, 안녕하세요. 늦어서 죄송합니다."

"아니에요. 저도 이제 막 왔어요."

"자, 일단 자리에 앉으세요."

프랭크는 능숙하게 자리를 권하고 비서를 시켜 차를 지시했다.

"준비가 다 되었다고요?"

"맞습니다. 그래서 이사장님을 뵙자고 했습니다. 여기."

들고 온 가방에서 서류를 꺼냈다.

한눈에 쏙 들어오게 깔끔하게 정리되어 자세하게 적혀 있었다.

"음, 좋아요. 그런데 유물을 이것저것 사려면 예산이 더 필요하지 않을까요?"

"그렇습니까? 지금도 충분히 많다고 생각합니다."

"혹시라도 현장에서 부족하게 되면 대사관을 통해 연락 주세요."

"알겠습니다."

매튜의 대답에 대찬은 펜을 꺼내 서명을 했다.

아메리칸
드림

"덕원 씨, 이대로 집행해 주세요."

"알겠습니다."

덕원은 서류를 받고 자리를 떠났다. 이제 서류를 철영에게 넘겨주면 모든 것이 일사천리로 진행되는 것이다.

"그런데 자료는 많이 모았나요?"

"부족한 부분은 있지만 계속 수집 중이니 문제 될 건 없고, 흥미로운 부분이 꽤 많아 이번 방문을 기대하고 있습니다."

"그래요? 그게 뭔가요?"

"거란의 역사서 요사遼史에 따르면 고구려가 광개토대왕 이후 패망할 때까지 요양을 평양이라 부르며 수도로 삼았다고 기록되어 있습니다. 그 외에도 흥미로운 것들이 많이 있습니다만, 아직까지 확인할 길이 없어 판단할 수 없을 것 같습니다."

"재밌네요. 또 있나요?"

"또 흥미로운 것은 중국에 금나라가 있었는데, 여진족 완안아골타라는 사람이 세운 것입니다. 그런데 세기편에 보면 이들의 조상은 신라 출신의 김함보라는 사람이었다고 기록되어 있습니다."

매튜의 말은 한국인인 대찬으로서는 참으로 듣기 좋고 달콤한 이야기였다. 하지만 이것이 진실이 되려면 증거가 있어야만 했다.

"그렇군요. 이번에 한국에 가거든 모든 것을 제대로 기록해 주고 증거를 만들어 주길 바라요."

"물론입니다. 정확한 진실이야말로 학자들이 추구하는 바이지요."

대찬은 찬란했던 역사를 제대로 진상 규명해 주길 바랐고 매튜는 아시아의 고대사를 개척한 사람이 될 것에 흥분했다.

'지금 들었던 것들이 사실로 판명 나면 얼마나 좋을까?'

사실이 아니더라도 좋았다. 다만 정확한 상고사가 있었으면 좋겠다는 마음이 컸다.

이런저런 생각을 뒤로하고 떠나려다 한 가지가 더 생각났다.

"한국 토종 동물들을 될 수 있으면 많이 구해 주세요."

"노력해 보겠습니다."

"부탁해요."

이야기가 끝이 나고 집으로 돌아가는 차 안에서 해가 지는 것을 보는데, TV 방송이 시작하거나 끝날 때 나오는 애국가가 생각났다.

'그 안에 독도는 갈매기만 보였지? 그런데 이번 생에는 독도에서 노는 물개가 보고 싶다.'

두뇌 집단를 만들려고 했던 대찬의 계획은 전면적으로 뒤집혔다.

"인재가 없어."

아무리 생각해 봐도 서재필은 답이 안 나왔다. 그리고 한

둘로는 두뇌 집단이라고 표현하기 어려웠다.

"유일한 씨가 졸업할 때까지만 기다리자."

우수한 성적을 유지하고 있다는 보고를 받아 기대감이 커지고 있었다.

"딱 일이 년만 기다리면 된다."

대찬이 유일한에게 거는 기대가 컸다. 한번은 너무 궁금한 사람이라 철영에게 물어본 적이 있었는데, 그가 말하길 '한인뿐만 아니라 세계 어디에 내놔도 손색이 없는 사람입니다.'라고 했다.

사람에 대한 평가가 철저한 철영이 호의 가득한 말을 했기에 대찬은 가까이 두고 써야 될 사람으로 유일한을 꼽았다.

"일단 두뇌 집단은 졸업 때까지 보류해야겠다."

능력 있는 사람이니 그와 비슷한 사람이 주변에 포진해 있을 것이다. 때가 되면 자연스럽게 합류할 것을 기대했다.

"자, 이제 주식을 해야겠는데."

대찬은 회귀 전에도 내기, 도박, 주식 등 불확실한 것에 대해서 될 수 있으면 도전하지 않았는데, 남들이 다 하는 로또에도 크게 관심을 가져 본 적이 없었다.

"하지만 경제가 호황이면 주식으로 돈 벌기는 쉽다."

특히 지금의 미국 경제는 전쟁 특수로 인해 엄청난 수출이 이루어지고 있었기에 어마어마한 돈이 모이고 있었다. 즉, 수출이 가능한 기업들은 주식의 가격이 상승하면 상승했지하락하지는 않을 것이기에 지금이 돈을 벌기에는 적기였다.

'그리고 대공황이 언제 오는지 나는 알고 있다.'

그때가 오기 직전에 주식시장에서 철수하고 기다렸다가 대공황이 시작되면 단번에 주식시장을 점령할 생각을 했다.

"에구, 계획은 세웠는데 내가 전혀 주식을 할 줄 모르니……."

사고파는 것은 누구나 할 수 있다. 그러나 분석하고 언제 사고 언제 팔아야 되는지는 전혀 모르는 미지의 세계였다.

"전문가가 필요하네?"

주식에 대해 전문가가 필요하다는 생각을 할 무렵, 대찬의 사무실에 노크 소리가 났다.

"들어오세요."

"오랜만입니다, 사장님."

"에릭, 오랜만이에요."

"하하, 좋은 생각이 나서 단번에 달려왔습니다."

"좋은 생각요?"

보통 간부들을 만나면 일 이야기를 주로 하기는 했지만 아무런 준비 없이 대뜸 이야기하는 경우는 드물었다.

"네, 전쟁 채권을 구입하시죠!"

"전쟁 채권?"

"그렇습니다. 회사에 보유 자금이 상당히 많은 것으로 알고 있습니다."

대찬의 회사는 사업체에 책임자를 지정하고 난 이후에 오히려 매출이 급성장한 곳이 많았다. 특히 치킨 체인 같은 경우 그동안 쌓인 레시피와 노하우를 무기 삼아 공격적인 확장을 시작했다. 결과는 대성공, 전체 매출을 네 배 이상 올리는 데 성공했다.

이와 같이 작게는 반 배 정도에서 많게는 네 배 이상 매출을 올렸기에 여기저기 빠지는 금액을 제외하더라도 상당한 수익이 생겼다. 결국 쓸데가 없었기에 보유 자금이 쌓이고 있었다.

'승리는 협상국에서 차지할 테니까 그쪽의 전쟁 채권을 깡그리 구입해 두면!'

엄청난 돈이 보였다.

"좋아요. 협상국 진영의 전쟁 채권 구입에 보유 자금 70퍼센트를 투자합시다."

"헉, 그렇게 많이 말입니까?"

에릭은 자신이 생각했던 것 이상의 투자가 결정되자 불안한 마음에 안절부절못했다.

"사장님, 그러다가 협상국이 전쟁에서 지기라도 한다면⋯⋯."

'아, 전쟁의 결과는 나만 알고 있구나!'

당장 한 치 앞을 볼 수 없는 상황에서 한쪽으로 상당한 자금을 투자하는 건 이상한 일이었다. 그래서 전쟁 채권에 투자하자고 말했던 에릭조차 기겁하며 말리고 있는 상황이었다.

"좋아요. 그럼 얼마나 투자할까요?"

"협상국에 5퍼센트, 동맹군에 5퍼센트만 투자했으면 합니다."

"음, 차라리 협상국에 10퍼센트 투자하죠."

"그, 그래도 괜찮겠습니까?"

"미국이 전쟁에 참전한다면 어느 쪽에 참전할 것 같습니까?"

"그야, 협상국입니다."

"답이 된 것 같군요."

"덕원 씨."

"네."

"정부에 연락해 주세요. 전쟁 채권에 투자하고 싶다고요."

"알겠습니다."

"에릭 씨, 걱정하지 않아도 돼요. 이번 투자는 내 개인적인 재산으로 하지요. 참 그리고 모건 씨는 어디에 투자했는지 알아봐 줘요."

에릭은 격하게 고개를 끄덕였다. 마음에 부담이 컸는데 모건이 어디에 투자했는지 알게 된다면 그나마 안심이 될 것 같았기 때문이었다.

다들 떠나고 사무실에 홀로 남게 되자 전화기를 들었다.

―오, 손녀사위 엠마가 드디어 임신했는가?

"어휴, 좀 더 기다리셔야 될 것 같네요."

―하하, 그래 내가 죽기 전까지는 부탁하네.

"정정하신데 오래 사실 거예요."

–늙었다고 흉이나 보지 말게나. 그래 무슨 일인가?

"혹시 전쟁 채권 투자하셨어요?"

–전쟁 채권? 투자했지.

"어디에 투자하셨어요?"

–내 출신이 어딘가?

"그야……."

–내키지 않았는데 어찌나 호소하던지 적당히 투자했네.

"그럼 협상국은?"

–마찬가지네. 동맹국에 투자할 만큼 했다네. 자네도 전쟁 채권에 투자하려고?

"네…… 적당히 투자를 해야 미움받지 않을 것 같아서요."

–그래? 어디를 생각하고 있나?

"협상국 쪽이에요."

–동맹국은 생각 없고?

"네, 제 생각에 동맹국은 그다지……."

–흠, 협상국이라……. 알겠네.

"어디까지나 제 예상이에요."

–하하하하, 그 말이 더 무섭구면.

"하, 하. 뭐……."

–언제 올 텐가?

"크리스마스 때 방문하도록 하겠습니다."

－알겠네. 그럼 또 통화하세.

전화를 끊자 바로 전화가 들어왔다.

"여보세요?"

－에릭입니다.

"간 지 얼마 안 됐잖아요?"

－아, 지시하신 거 바로 알아보고 전화했습니다.

"모건 씨는 어디에 투자하였데요?"

－협상국에 상당히 많은 투자를 했다고 들었습니다.

"알겠어요. 에릭도 이만 안심해요."

－알겠습니다.

이미 알고 있는 내용이었지만 에릭을 안심시키기 위해 지시했다.

"간이 엄청 떨렸나 보네."

에릭의 행동에 피식 웃음이 났다.

 ♟

"벌써 가시려고요?"

"이것도 많이 늦었다네. 이만 가 봐야지."

임시정부 인사들은 바다가 얼기 전에 사할린으로 돌아갈 채비를 마쳤다.

"아쉽네요."

아메리칸
드림

"오늘만 날이 아니지 않은가? 다음에 보면 되지."

"그건 그런데……."

"여기는 자네가 있으니 안심이 되네."

이야기를 마치고 아쉬운 마음이 들어 항구까지 배웅을 따라나섰다.

항구에는 많은 배가 있었지만 특히 한 척의 배에 사람들이 많이 몰려 있었다.

"몸 건강해야 된다!"

"걱정 마세요!"

수많은 사람들이 언제 볼지 모르는 가족들과 이별을 준비하고 있었다.

"이제 우리도 승선해야겠구먼."

이회영은 익숙하지 않은 이별을 짧게 치르려는 듯 배에 오르기 시작했다.

"금산, 또 보도록 하세."

"알겠습니다. 건강히 잘 지내세요."

뱃고동 소리가 울리자 육중한 몸집을 가진 배가 천천히 움직이기 시작했다. 가족, 지인들을 떠나보내는 사람들은 배가 눈에서 사라질 때까지 자리를 뜨지 못하고 손을 흔들며 바라보았다.

주식을 투자하기로 마음먹은 상황이지만, 할 줄 모르는 주식에 섣불리 다가설 수는 없었다.

"누가 있을까?"

워낙 주식 방면에는 관심이 없어 주식 계통으로 유명인이 누가 있는지 전혀 몰랐다. 그리고 주식은 대부분 월스트리트에서 큰손들이 거주하며 거래했기 때문에 그들이 서부를 방문하지도, 할 일도 없었다.

"돈이 되는 건 확실한데 말이야."

모르는 것에 대해서는 물어보는 것이 정답이었기에 대찬은 수화기를 들고 전화를 걸었다.

─여보세요.

몇 번에 걸쳐 전화가 전달되더니 사내의 목소리가 들렸다.

"모건 씨, 샌프란시스코의 존입니다."

─아. 오랜만입니다. 무슨 일입니까?

평소에 교류가 전혀 없었기에 의외인 듯 본론부터 물어보았다.

"물어볼 게 몇 가지 있어서요."

─뭡니까?

"주식을 배워 보고 싶은데, 사람을 추천해 주실 수 있나요?"

─주식? 이런, 큰손이 들어오려고 하는 것으로 봐서는 앞으

로 주식시장이 호황일 것 같군요.

"하하, 투자보다는 알아 둬야 할 분야 같아서 그래요."

-뭐 좋습니다. 주식에 일가견 있는 사람들은 대부분 존의 선생 자리에 관심이 없을 것 같군요. 음…… 혹시 제시 리버모어라는 사람을 알고 있습니까?

"아니요."

-공매도에 일가견 있는 사람인데, 한번 연락해 보시기 바랍니다.

"공매도? 제시 리버모어?"

-월스트리트에 큰 곰이라는 별명이 떠돌 정도로 능력 있는 사내입니다. 그런데 현재는 빈털터리이니, 존의 제안을 흔쾌히 수락할 것 같군요.

"추천 감사합니다."

-별말씀을.

전화를 끊고 나서 대찬은 제시 리버모어라는 사람에 대해서 알아보라고 지시하였다.

며칠 지나지 않아 구해진 정보가 몇 장의 서류에 간략하게 정리되어 올라왔다.

1877년 뉴잉글랜드 지역에서 태어난 제시 리버모어는 14세가 되던 1891년에 단 돈 5달러를 가지고 집을 떠나 페인 웨버의 보스턴 지점에서 호가판 주사로 일하기 시작했다.

그러다 우연한 기회에 주식매매를 하게 된 제시 리버모어는 사설 증권회사에서 첫 번째 거래에서 수익을 얻게 되었고, 이후 보스턴과 뉴욕의 사설 증권회사들로부터 지나치게 돈을 많이 번다는 이유로 '꼬마 노름꾼'으로 불리게 되며 곧이어 출입을 금지 당하기도 했다.

뉴욕으로 본거지를 옮긴 그는 얼마 지나지 않아 자신의 종잣돈을 모두 잃고 첫 번째 파산을 경험한다.

그는 다시 사설 증권회사에서 거래한 지 단 이틀 만에 종잣돈을 마련한 후 뉴욕으로 복귀했다.

리버모어는 당시로서는 나이에 비해 큰 금액인 5만 달러를 모으기도 하지만, 자신이 시장을 정확하게 판단했음에도 불구하고 대량 거래로 인한 체결 지연으로 두 번째 파산을 경험한다.

낙향한 리버모어는 절치부심한 끝에 다시 종잣돈을 마련하는 데 성공하며 이후 1906년까지 강세론자로서 시장에 참여해 지속적으로 성공하게 된다.

"이렇게까지 했는데 또 파산, 현재는 빈털터리."

실력이 있다는 것은 알 수 있었다. 하지만 대찬이 보기에는 목적 없이 돈만 좇는 사람처럼 보였다.

"이야기를 해 보면 어떤 사람인지 알 수 있겠지."

제시 리버모어와 이야기를 꼭 해 봐야겠다는 생각이 들었다.

브랜드

"준비됐어요?"

"네!"

한껏 멋을 낸 엠마가 예쁘다는 생각을 했다.

"오늘 예쁘네요."

대찬의 칭찬에 엠마의 얼굴이 빨개졌다.

한국으로 발굴단이 떠나기 전에 대학교의 주최로 연회가 열렸는데, 참석하기 위해 엠마를 데리러 온 것이다. 차에 탄 두 사람은 손을 꼭 붙잡고 도란도란 이야기를 나누며 연회장으로 향했다.

"대찬, 크리스마스가 너무 기대돼요."

"하하, 벌써요?"

"벌써라니요. 이제 얼마 남지 않았어요."

"나도 기대돼요, 엠마가 태어나고 자란 곳이."

"하나하나 알려 줄게요."

한참 엠마의 추억 이야기를 듣다 보니 차가 멈췄고 덕원이 문을 열어 주었다. 그길로 자연스럽게 연회장으로 들어가니 많은 사람들이 일제히 두 사람을 바라보았다.

"소개합니다. 존 웨스턴 대학교의 이사장이자 이번 발굴단의 유일한 투자자인 존 D. 강입니다."

짝짝짝.

박수 소리가 회장을 가득 채웠다.

"이사장님, 한마디 해 주시죠."

단상에 있던 프랭크가 대찬에게 연설을 권했다. 대찬은 어쩔 수 없이 단상으로 가 마이크 앞에 섰다.

"여러분들의 순수한 열정에 박수를 보내며 한인들의 문화에 관심을 가져 주셔서 감사합니다."

다시 한 번 박수 소리가 회장을 채우고 곧 피아노 소리가 들렸다.

"너무 짧은 거 아닙니까?"

프랭크가 핀잔을 주었다.

"어휴, 프랭크 씨도 가면 갈수록 짓궂어지네요."

처음에는 건축에 대한 순수한 열정만 불태우던 프랭크가 어느 순간부터 대찬을 괴롭히기 시작했다.

아메리칸
드림

"그야, 인과응보입니다."

"인과응보요?"

"지난날 이사장님이 하신 일을 알고 있습니다."

"……"

딱히 반박할 말이 없었다.

"이사장님."

"매튜 씨."

"오, 여기 이 아름다운 여인은?"

"제 아내입니다."

"사모님, 반갑습니다."

엠마의 손을 잡고 손등에 키스했다.

'참 이럴 때는 서양 문화가 싫어.'

남의 아내에게 너무나 쉽게 입술이 닿는 것이 마음에 들지
않았다.

"참, 소개해 드릴 분들이 있습니다."

이때부터 대찬은 수많은 사람들을 소개받고 인사하고 간
단한 대화를 나누기 시작했다.

'헉, 아직도 안 끝났어?'

대찬은 살려 달라는 눈빛을 프랭크에게 보냈지만, 그는
고양이 같은 눈매를 하고 웃으며 고개를 돌려 눈을 피해 버
렸다.

한참을 시달리다가 간신히 화장실을 간다는 핑계로 자리

를 벗어날 수 있었다.

'엠마는 어디 있나?'

고개를 돌려 찾아보자 여러 여성들과 대화를 나누고 있는 모습이 보였다.

'다행이네.'

항상 연회에 참석하면 여러 사람들을 상대하느라 엠마에게 신경 써 주지 못했기에 미안한 마음이 가득했었다.

"이사장님!"

대찬은 그를 찾는 소리에 다시금 인파 속으로 파묻힐 수밖에 없었다.

오전 일과를 마치고 창밖을 내다보면서 차를 마시고 있었다.

창밖에는 대찬이 집중할 수밖에 없는 일이 일어나고 있었다.

"……자주적 독립을 이루어 내야 합니다!"

처음 보는 사내가 한인들을 상대로 일장 연설을 하고 있었다.

"누구지?"

이상한 모습이었다. 항상 집회가 있거나 대회를 열 때면 샌프란시스코의 큰 광장에서 행사를 진행하였는데 대찬의 사무실 앞에서 보란 듯이 행동하는 것에 살짝 위화감을 느졌다.

"덕원 씨."

"네."

"저 아래 무슨 일인지 좀 알아보세요."

소리 없이 조용히 사무실을 나가더니 곧 돌아왔다.

"저기 연설을 하고 있는 사내가 서재필이라고 합니다."

"서재필? 왜 저기서 한답니까?"

"그것까지는 자세히 모르겠습니다. 그런데 며칠 전부터 저 자리에서 연설하기 시작했는데, 오늘은 꽤 사람이 많습니다."

'골치 아프네.'

명환에게 처음 서재필을 추천받았을 때 께름칙함을 느끼고 별다른 반응을 하지 않았는데, 멀리 동부에 있다고 들은 사람이 샌프란시스코 한가운데서 한인들을 상대로 연설하고 있다는 것이 의아했다.

"불러오세요."

"정말이십니까?"

덕원은 고개를 끄덕이는 대찬을 보고 별말 없이 나가더니 얼마 지나지 않아 서재필과 함께 사무실로 들어왔다.

"회장님 반갑습니다. 서재필이라고 합니다."

서재필은 활짝 웃는 얼굴로 대찬에게 손을 내밀었다. 대찬은 적당히 악수해 주고 물었다.

"동부에 있어야 할 사람이 왜 여기 있습니까?"

"아, 이야기 듣지 못하셨습니까?"

"무슨?"

"명환, 그 친구가 잘 말해 놨다고 찾아가면 될 것이라고 하더군요."

처음 듣는 이야기였다.

"그럼 바로 찾아오면 되지 왜 앞에서 그러고 있었습니까?"

"그것이…… 사람들이 국내 사정에 너무 무지한 것 같아 참을 수가 없었습니다."

'골치 아프군.'

대충 어떠한 상황인지 파악이 되었다. 명환은 잔머리가 많고 꾀가 많았지만 생각 없는 행동과 분수에 맞지 않는 일은 절대 하지 않았다.

'누군가 거짓말을 하고 있다는 건데…….'

자신에게 거짓말을 한 사람이 명환이라고는 생각되지 않았다. 그리고 한 가지 더.

'이 사람, 이승만과 너무 겹쳐 보인다.'

"이력서 가져왔습니까?"

"아, 여기 있습니다."

받아 본 이력서에는 온통 영어 천지였다.

"한글로 된 것은 없습니까?"

"그것이…….."

아메리칸
드림

"뭡니까?"

"한글 글씨가 너무 악필인지라 회장님 눈을 어지럽힐까 걱정스럽습니다."

"그런 걱정하지 말고 내일 다시 한글로 이력서를 만들어 오세요."

"아, 알겠습니다."

서재필은 살짝 당황하는 모습을 보이며 사무실을 나갔다.

"덕원 씨, 저 사람 내일 다시 찾아오거든 철영이 형에게 보내요. 그리고 어떠한 사람인지 잘 알아보라고 하세요."

"알겠습니다."

모든 상황이 종결되자 대찬은 자신도 모르게 고개를 저었다. 그리고 양손을 관자놀이에 올려 꾹꾹 눌렀다.

똑똑.

"들어오세요."

"사장님, 제시 리버모어 씨가 방문하셨습니다."

"벌써요?"

생각보다 빠른 시간에 방문하자 대찬은 오히려 이른 방문에 놀랐다.

"모시세요."

대찬의 지시에 덕원과 함께 백인 사내가 깔끔하게 신사복을 입고 사무실로 들어왔다.

"반갑습니다. 존 D. 강입니다."

"제시 리버모어라고 합니다. 초대해 주셔서 감사합니다."

"아닙니다. 초대에 응해 주셔서 오히려 제가 감사합니다."

"한번 뵙고 싶었습니다."

"저를요?"

"그렇습니다. 저와는 완전히 다른 방식으로 큰 부를 만들어 내고, 이미 성공적으로 그 위치를 고수하고 있다는 것에 굉장히 감격했습니다."

"아닙니다. 제시 씨도 체결 지연이 아니었다면 이미 저와 같은 자리에 있지 않았겠습니까? 너무 과찬이십니다."

"이미 실패한 일에 무슨 핑계가 있겠습니까."

"아닙니다. 아마 더 크게 성공하실 겁니다."

"그렇게 봐주시니 감사합니다."

파산 때문에 빈털터리라고 보고받았지만 눈빛은 살아 있는 것이 곧 크게 성공할 사람이라는 예감이 들었다.

"주식이 배우고 싶으시다고요?"

"네, 앞으로 호황이 이어질 것 같은데, 주식에 투자한다면 지금이 적기라고 생각했습니다."

제시는 고개를 끄덕였다.

"맞습니다. 지금부터는 평탄하게 수익을 올리기에 좋지요."

두 사람은 호황으로 인해 주식 투자가 상당한 수익률이 생길 거라는 것에 동감하고 있었다.

아메리칸
드림

"주식 좀 가르쳐 주시겠습니까?"

"좋습니다. 다만 조건이 있습니다."

"뭔가요?"

"저에게 종잣돈을 빌려주셨으면 합니다."

"좋습니다."

미리부터 제시가 돈을 빌려 달라고 할 것을 예상하고 있었다.

"그런데 돈은 왜 버는 것입니까?"

"……."

제시는 대찬의 물음에 꿀 먹은 벙어리처럼 아무 말도 하지 못했다.

"그것이……."

"말하기 어렵다면 하지 않아도 됩니다."

제시는 순간 당황했지만 이내 진정이 된 듯 크게 숨을 한번 쉬고 말했다.

"후우, 처음 열네 살에 가출했을 당시 부모님을 보며 생각했지요. 이렇게 살아서는 절대 이 생활을 벗어날 수 없다고요. 처음엔 부자가 되는 것 이외에는 별다른 생각이 없었습니다. 그런데……."

"그런데요?"

"솔직히 말해서 이제는 왜 돈을 버는지 잘 모르겠습니다. 그저 내가 잘할 수 있는 일이 주식이니 잘할 수 있는 일을 하는 것뿐이지요."

"그렇습니까?"

"그럼 존 씨는 왜 돈을 버는 것입니까?"

이번에는 반대로 제시가 눈을 빛내며 질문해 왔다.

"저는 이유가 꽤 많습니다. 조국과 가문, 마지막으로는 너무 사소하지만 개인의 영달 때문이지요."

"허, 조국? 가문?"

제시는 많은 생각이 드는 듯 조용히 생각에 잠겼다.

그날부터 제시의 주식 강좌가 시작되었다.

─원칙과 명확한 전략, 그리고 간결한 투자안이 반드시 있어야 합니다. 그것이 없으면 주식시장에 널려 있는 모든 감정적인 함정에 걸려들게 되지요.

─노련한 투기꾼의 직감이란 농부들이 갖고 있는 직감과 같은 것입니다. 이 세상의 최고의 투기꾼들은 불확실한 날씨와 수요를 예측하면서 밀, 옥수수, 쌀, 면화, 콩 등을 재배하는 농사꾼들이라고 생각합니다.

─예언하거나 예측하려고 하지 말고 주식시장이 내게 보여 주는 행동에 반응하려고 노력하세요.

─주식시장은 항상 그다음에 올 단서를 제공하는데, 그 단서의 퍼즐을 풀어 나가면서 공포와 탐욕의 감정에 휩쓸리지 않고 냉정하게 분석하고 행동하세요.

아메리칸
드림

—본질적으로 좋은 주식, 나쁜 주식이란 없다고 생각합니다. 단지 돈이 되는 주식이 있을 뿐이죠. 따라서 매수든 공매도든 배팅하기 좋은 방향이라는 것이 따로 있을 수도 없고, 단지 돈 되는 매매 방법이 있을 뿐입니다.

—개별 가격이 높다고 해서 고가를 결코 매도하라는 타이밍 신호로 생각하지 말고 주식이 높은 가격에 매매된다고 해서 더 높이 올라가지 말라는 법은 없습니다. 다만 그 개별 가격이 속한 산업별 그룹의 추세가 전환되었을 때에는 추세의 방향이 확인되는 가운데 개별 종목의 공매도에 집중하는 전략을 선호하는 것도 하나의 방법입니다.

—인내심을 잃어버리고 추세 전환점을 기다리지 못하고 손쉬운 수익의 유혹에 넘어갈 때마다 나는 항상 돈을 잃었습니다. 분석이 무조건 돈을 벌게 해 주는 건 아니죠. 차분하게 앉아서 기다리는 것, 그것이 돈을 벌어다 줍니다. 그리고 모든 정보를 경계하고, 내부자에게 절대 그 회사 사정을 묻지 않는 것이 좋습니다.

제시는 자신만의 확고한 투자관과 투자 방법에 대해서 성심성의껏 알려 주었다.

"타고난 감각이 없다면 쉽지 않을 것 같네요."

"그렇습니까?"

제시는 쓴웃음을 지었다. 타고난 감각이라는 말이 마치 상황을 빗대어 놀리는 뉘앙스를 주었기 때문이었다.

"미안합니다. 그런 의도는 아니었습니다."

대찬은 말실수한 것을 눈치채고 사과했다.

"괜찮습니다."

말과는 다르게 표정은 쉽게 풀어지지 않았는데, 제시는 여러 번 파산을 경험함으로써 콤플렉스를 가지고 있었다.

대찬은 어떻게든 분위기를 환기시키기 위해 말을 돌렸다.

"참, 종잣돈은 얼마나 드리면 되겠습니까?"

"5만 달러면 충분합니다."

자신감이 가득한 표정이었다.

"좋습니다."

대찬이 생각하기에는 부족할 것 같았지만 앞서 실수를 했기에 다른 말은 일절 하지 않고 돈을 빌려주었다.

얼마 지나지 않아 소문이 들리기 시작했는데, 샌프란시스코에 있는 사설 증권회사에 연일 마법 같은 거래가 이루어지기 시작했다.

　　　　　　　　🎩

록펠러 가문의 저택은 뉴욕 주 허드슨 강 상류 전망 좋은 곳에 자리하고 있었다.

"와!"

차 안에서 저택에 들어가는 입구를 보자 감탄사만 나왔다.

곧 철문이 열리고 차가 깊숙하게 자리하고 있는 곳까지 거침없이 들어갔다.

"허, 골프장?"

대찬 역시 꽤 넓은 부지에 고급 저택에서 살고 있었지만, 록펠러 가문 저택을 보는 순간 입이 벌어졌다.

"아, 정원이 좀 크죠?"

자신이 살던 집으로 돌아오자 감회가 새로운 듯 엠마는 넋 놓고 있다가 대찬의 나지막한 감탄 소리에 정신이 번쩍 들었다. 혹시라도 대찬이 위축되지 않을까 걱정되기 시작했던 것이다.

"이게 정원이에요?"

스스로 넓고 좋은 집에 살고 있다고 생각했던 대찬은 기가 막혔다.

"네……."

'역시 클래스가 다르네. 하기야 세계 최고의 가수가 살던 집에는 놀이동산도 있었는데…….'

"우리 집도 이렇게 만들까요?"

"정말요!"

별생각 없이 말했던 것에 엠마의 반응이 남달랐다.

"그, 그럼요. 원하는 대로 해요."

"와!"

반면 대찬은 등에서 땀이 났다.

차가 한참을 들어가서야 멋들어진 건물이 나타났다.

"어서 오게."

"잘 지내셨죠?"

"그럼! 자네가 오길 손꼽아 기다렸네, 하하."

"그런데 건물이 지어진 지 얼마 되지 않은 것 같네요?"

"눈썰미가 좋구먼. 전에 있던 집에 불이 났는데 아들 녀석이 기회다 싶었는지 이런 집을 만들었다네."

1902년 화재로 원래 나무로 건축되었던 집은 불타 없어졌다. 그러자 뉴욕에서 건축가로 활동하던 델라노와 알드리치를 고용하여 1908년 빅토리안 양식의 3층 저택으로 완성하였다.

그 후, 라우라 록펠러(Jr의 부인)의 요구에 의해 조지언 양식의 4층 저택으로 탈바꿈하였다. 그리고 이 대대적 공사는 1913년에 마침내 완성되었다.

"자, 들어가세."

주위를 보니 엠마는 이미 저택 안으로 들어간 지 오래였다.

"와, 제가 여기 와서는 감탄만 하고 있네요."

"하하, 자네도 하나 만들면 되지 않은가?"

"어휴, 그런 말 마세요. 이렇게 하려면 얼마나 많은 시간과 공을 투자해야 될지……."

"걱정하지 말게, 엠마가 이런 방면에 소질이 있으니 알아서 잘할 게야."

"그렇지 않아도……."

대찬은 방금 차 안에서 아무 생각 없이 툭 던졌던 말에 엠마가 반응한 것에 대해서 이야기했다.

"하하, 전부터 느끼는 것이지만 자네는 너무 검소해."

"네?"

대찬이 생각하기에 자신이 검소하다는 것에 동의할 수 없었다.

'최근에 내가 쓴 돈이 얼만데!'

"이런 동의할 수 없나 보구먼."

"하, 하……."

"잘 생각해 보게 최근 자네가 쓴 돈은 대부분 자네를 위한 것이 아닐 거야. 아마 있다면 최근에 수집에 열을 올리는 와인 정도겠지?"

"그 정도면 많이 쓴 것 아닐까요?"

"그럼 자네가 하루에 버는 돈은 얼마인가?"

"그야 하루에……."

"내 예상으로는 못해도 하루에 백만 달러 이상을 버는데 왜 그렇게 돈 쓰기를 무서워하는 것인가?"

"무서워하는 것이 아니라 딱히 쓸데가 없는 거예요."

큰 저택이 있었고 먹고사는 데 지장이 없었다. 그저 단 하나의 취미 생활이 있다면 몇 가지 수집하는 것이었는데, 이마저도 돈은 얼마 들지 않았다.

"쯧쯧, 자네에 관한 소문은 하나도 듣지 못했을 거야, 맞지?"

"소문요?"

대찬에 대해 소문이 돈다는 사실은 금시초문이었다.

"허, 정말 모르나 보구먼. 요즘에 이런 말이 돌고 있네. 돈을 사랑하는 것은 유태인이지만 정작 돈을 가지고 있는 것은 한인이고 한인은 스크루지보다 더한 구두쇠다. 대표적으로 샌프란시스코에 존 D. 강이 있다."

"헉!"

"정말 몰랐던 게로구먼, 하하."

"정말 그런 소문이 돌아요?"

"내가 왜 거짓말을 하겠나?"

대찬의 기준에서 나름대로 많은 소비를 했고 아울러 기부를 많이 하기 때문에 존에게 들은 소문은 의외였다.

"저 생각보다 지출 엄청 많습니다."

"기부 말인가?"

"네, 제가 버는 수익의 3분의 1은 기부하는걸요."

"그럼 하나만 묻지 자네 저택의 가격은 얼마인가?"

"그야 28만……."

"남에게는 몇백, 몇천만 달러를 쓰면서 자기 자신이 사는 집은 코딱지만 하고 고작해야 28만 달러라니, 이러니 자네가 다른 사람들에게 욕을 먹는 것이네."

"그게 욕먹을 일인가요?"

"처음 이 저택의 부지는 4백 에이커였네. 그런데 지금은 하루가 다르게 늘어나고 있지. 왜 그런다고 생각하나?"

"글쎄요."

대찬의 생각으로는 이해가 되지 않았다. 굳이 넓은 정원은 필요가 없었다. 집도 너무 넓으면 불편하다는 생각이 먼저 들었다.

"자네는 상류층으로서의 자각이 너무 없어. 자네 부하 직원들 집을 방문해 보게 자네 집은 정말 코딱지일 거야."

"어휴, 자꾸 남의 집을 코딱지라고 부르지 말아 주세요."

"하하, 보이는 게 코딱지만 한데 어떻게 코딱지라고 부르지 않을 수가 있나?"

"이유나 가르쳐 주세요."

"좋아, 단도직입적으로 이야기하자면 자신의 능력에 걸맞게 사는 것이 일종에 미국 사회의 미덕이라네."

"그게 미덕이라고요?"

"나도 가난했지만 이만큼 성공했고 자네 역시 가난한 이주민에서 그렇게 되지 않았나? 모든 사람들에게 보여 주는 것이지, 당신도 이만큼 될 수 있다고 말이야."

"이해가 안 되네요."

"굳이 이해할 필요 없네. 그럼 다른 면을 설명해 보지 상류층끼리 보이지 않는 경쟁을 하는 것이네."

"경쟁요?"

"그렇지. 상류층은 세상의 유행의 선두 주자인 경우가 많다네."

무엇이든지 신상이 나오면 일단 사기 바빴고 그중에 유행을 이끄는 사람이 있다면 그 사람을 통해서 전염병처럼 유행이 퍼졌다.

"이미 물질적인 것에서 초월해 버린 사람들이기 때문에 경쟁할 것이 딱히 없지. 비교 대상이라고 해 봐야 극히 한정적인 인원 내에서 능력이 되는 사람이 참가하는 것을 오히려 반기는 것이지."

"허, 그런 것이라면 참가하고 싶지 않네요."

"아니야. 오히려 지금 도는 소문은 자네를 초대하고 있는 거야."

"초대라고요?"

"자네에게 흥미를 느끼고 일원으로서 인정할 테니 들어오라는 일종의 신호인 셈이지. 자네는 지금 도는 소문을 내가 얘기했을 때 무슨 생각이 들었지?"

"별 시답잖은 소리라고 생각했지요."

"하하, 만약 보통 사람이라면 발끈해서 과시하기 바빴을 거야. 조언은 이 정도면 될 것 같구먼."

'상류층의 초대?'

대찬으로서는 이해하기 어려운 것이었다.

"복잡하네요."

"하하, 난 자네가 이럴 때 너무 재밌어. 이만하면 된 것 같으니 식사하러 가세나."

존이 했던 말에 대해 곱씹어 보며 저택을 천천히 살펴보기 시작했는데, 건물 내부는 하나같이 예사롭지 않은 분위기를 풍겼다. 부담 없이 이곳저곳 헤집고 다녀도 되는 대찬의 집과는 많이 달랐다.

'돈만 많으면 상류층인 건 아닌가 보네.'

새롭게 주어진 고민에 머리가 아팠다.

철영은 얼굴이 붉어졌다.

"이게 뭡니까?"

쥐고 있던 서류에는 괴발개발 알아보기 힘든 글씨가 적혀 있었다.

"무엇이 잘못되었습니까?"

잔뜩 참고 있는 철영의 얼굴에 힘줄이 돋아났다.

"한글 안 배웠습니까?"

"그게…… 쓰지 않은 지 오래되어서……."

"후, 좋습니다. 이만 나가 보세요."

꾸벅하고 인사하며 서재필은 철영의 사무실을 나갔다. 그 모습을 지켜본 철영은 펜을 들고 보고서를 작성하기 시작했다.

가장 큰 문제는 한글을 제대로 모른다는 것이며 주변 동료들의 평가가 상당히 인색한 인물입니다. 특히 자신에게 득이 되는 상황을 절대 놓치지 않는 기회주의적인 성격입니다. 딱히 한인으로서의 자각이 없고 오히려 미국인이라는 것에 대해서 더 자랑스럽게 생각하는 것 같습니다. 개인적으로 저라면 두고 쓰지 않을 것입니다.

철영은 광복군에 투신하려다 대찬에게 붙잡혀 거대한 기업의 부총수로 일하고 있었지만, 지금 하는 일도 광복에 필요했기에 최선을 다했다. 그런 철영에게 서재필은 역겨운 사람이었다.

'필립 제이슨.'

철영은 애써 털어 내며 밀린 업무를 처리하기 시작했다.

고급스러운 가구에 록펠러가 사람들이 전부 모여 있었다. 화기애애한 분위기 속에 단연 관심이 집중되는 것은 대찬과 엠마였다.

"어머나, 정말이야?"

"네, 이제 이곳보다 더 좋은 대저택을 만들 거예요."

여자들의 이야기를 가만 들어 보니 새로 만들 저택을 어떻게 하면 좋겠다, 어떻게 만들어라 조언을 하며 신나는 분위기를 만들었다.

'허, 이게 당연한 거였나?'

"엠마에게 이야기 들었네. 새롭게 저택을 만들기로 했다지?"

존의 아들 그리고 엠마의 아버지 주니어는 대뜸 새롭게 지을 저택에 관심이 있는 듯 대찬에게 물어 왔다.

"네? 네."

"잘 생각했네, 지금 살고 있는 그 집은 약간 품격이 떨어진다고 생각하고 있었거든."

"하, 하하. 그런가요?"

"물론이지. 엠마를 자네에게 보내면서 걱정이 많았지만, 단 하나 걱정하지 않은 것이 돈이니까."

"이렇게까지 좋아할 줄은 몰랐어요."

"하하, 기본적으로 최상류층 자제이니 다른 상류층 자제들과 속성은 똑같다고 생각하면 되네."

"그렇군요."

군소리 없이 대찬이 사는 그대로 따라와 주었기에 불만이 없는 줄 알았는데, 마음대로 할 수 있는 권한이 주어지자 가장 신나 했다.

"이번 기회에 이쪽에다가도 하나 짓는 것이 어떻겠나?"

"여기에요?"

"자네도 간간이 뉴욕에 오는 것으로 아는데, 호텔에서 지내는 것보다 별장 삼아 하나 지어 두는 것도 나쁘지 않다고 생각하네."

주니어의 말에 대찬은 겉으로 표현은 못했지만 속으로는 기겁했다.

'헉, 하루 이틀 지내려고 여기에 집을 짓는단 말이야?'

기존의 살아왔던 삶과는 너무 달랐기에 가치관에 혼란이 왔다. 회귀 전 자신의 집 하나만 있어도 걱정의 반은 줄었던 시대에서 살았고 회귀 후에도 어느 누구도 대찬에게 이런 부분에 대해서 왈가왈부하지 않았기에 자신이 편한 대로 살았다.

"……한번 생각해 보겠습니다."

주니어에 이어서 다른 가족들은 끊임없이 새로운 저택에 관심을 가지며 어떻게 지을 것이 계속해서 물어보았다.

깊은 생각이 없었던 대찬은 엠마와 상의해 보겠다고 둘러대기 바빴고, 편하지 않은 식사 시간이 끝이 났다.

엠마의 방.

"화려하네요."

결혼하기 전 그대로 유지가 되어 있었기에 엠마의 취향을 알 수 있었다.

"많이 힘들었죠?"

"괜찮아요."

"그런데 정말 내 마음대로 저택을 지어도 돼요?"

"그래요."

대찬은 하루 종일 시달리다 보니 반대할 마음이 들지 않았다.

"그럼 지금 짓고 있는 집은 어떻게 할까요?"

"아!"

프랭크에게 의뢰해 퓨전으로 독특한 형태의 집을 짓고 있는 중이었다. 공사가 상당히 진행되었기 때문에 중단할 수도 없었다.

"그걸 중심으로 하면 되지 않을까요?"

"그럼 자리가 너무 좁은데……."

"뭘 만들고 싶은 거예요?"

"……비밀이에요."

"일단 우리가 살려고 만들고 있는 집이니 거기서 살다가 엠마가 원하는 저택이 만들어지면 그때 옮기기로 해요."

"좋아요!"

대찬은 오싹하고 불안한 마음이 들었지만 애써 자위했다.

"메리 크리스마스!"

모든 록펠러 가문의 사람들이 식탁에 앉아 만찬을 즐겼다. 식탁은 서열에 따라 앉는 자리가 정해져 있었는데, 가장 연장자가 끝 쪽 상석에 앉고 그다음 순서대로 줄줄이 앉는 것이 보통이었다.

하지만 여기에 열외가 있었는데 가족 구성원 중에서 엠마와 대찬의 서열은 중간쯤 되었지만 존의 지시에 따라 자리가 변경되어 그의 옆에는 대찬이 앉아 있었다.

"이거 한번 먹어 보게."

깊은 애정이 담긴 목소리로 존은 대찬에게 빵을 권했다.

"이건 무슨 빵이에요? 좀 색다르게 생겼네요."

"슈톨렌이라고 독일식 크리스마스 케이크네."

1329년 독일 나움부르크의 제빵사 조합이 자신들의 조합 결성을 승인한 주교 하인리히 1세(Heinrich 1, 876~936)에게 감사의 의미로 바쳤던 게 슈톨렌이다. 그런데 그 모습이 강보에 쌓인 아기 예수의 형상처럼 보인다고 하며 크리스마스에 만들어 먹는 음식으로 자리 잡게 되었다.

얇게 썰린 케이크를 한 입 먹자 고소하고 달콤한 맛이 느껴졌다.

"맛있네요!"

달달한 맛을 느껴 본 지 오래됐기에 한층 더 각별하게 맛을 느낄 수 있었다.

'어? 베이커리?'

빵을 만들어서 파는 곳은 많았다. 하지만 대부분의 빵집은 사람들의 식사용 빵을 판매하는 곳이 보통이었다. 전문적으로 여러 종류의 빵을 만들어 파는 베이커리가 없지는 않았지만 사람들에게는 생소했다.

'될까?'

운영하는 사업체 중에 그다지 성공적이지 못한 것들이 여러 가지 있었기에 베이커리가 성공할 것이라고 확신할 수 없었다.

'다만 앞으로 10년 넘게 경제 호황이 이어질 것이고 그만큼 사람들이 원하는 욕구가 늘어날 것이기에 성공적일 것이라 판단되기는 하는데…….'

"무슨 생각을 그렇게 하나?"

"아, 이 빵을 보고 생각나는 게 있어서요."

"오, 새로운 사업?"

"네, 뭐…….."

순간 식탁에 앉은 모든 이들이 둘의 이야기에 집중했다.

"말해 줄 수 있겠나?"

존이 조심스럽게 질문했다.

조심스러운 이유가 있었는데, 지금까지 록펠러 가문에서 하고 있는 사업을 보면 그중에 절반은 대찬의 생각에서 시작한 것이었다. 미안한 마음이 들어 최근에는 사업적인 이야기를 하지 않았다. 그리고 한편으로는 새로운 사업체를 만들어

낼 자구책으로 창의적인 생각을 하는 젊은 인재들을 모아 독자적인 두뇌 집단을 만들었다. 하지만 아직까지는 별다른 성과를 올리지 못했고, 그렇기에 대찬이 어떤 생각을 하는지 궁금해 물어보았다.

"그렇게 비밀스러운 것도 아니에요. 그저 슈톨렌을 보고 전문적으로 여러 가지 빵을 만들어서 판매하면 어떨까 생각해 봤어요."

"여러 가지?"

"세상에는 여러 가지 빵이 많잖아요. 예를 들어 프랑스는 크루아상, 바게트 등이 있고 영국에는 스콘, 이탈리아에는 포카치아, 피자, 피자? 피자!"

대찬이 피자를 외치자 좌중은 어리둥절해졌다.

"아, 실례했습니다. 아무튼 이야기를 마저 하자면 지금까지는 따로 판매되는 이것들을 다 같이 판매하고 각종 케이크나 과자 등도 같이 판매하면 좋겠다는 생각이 들었어요."

"흠…… 왠지 주식의 경계가 무너지는 것 같구먼."

"미국은 다양한 민족들이 사니까요. 앞으로 그 민족들의 뒤섞임이 가속화될 것이고요."

말을 하면서 주변을 싹 둘러봤다. 지금 식탁에 앉은 사람들이 전부 독일 민족은 아니었기 때문이었다.

"무슨 말인지 알겠네. 그런데 그게 되겠나? 사람들은 이미 한 곳에서 너무 익숙하게 식사용 빵을 구입하는데 말이야."

아메리칸
드림

서양 사람들 주식은 빵과 고기다. 하지만 아직까지 냉장고가 대중화되지 않았기 때문에 육류의 공급이 원활하지 않았다. 결국 주식으로 먹는 것은 빵이었는데, 아직까지 식사용으로 생각했다.

　"저는 빵이 식사도 할 수 있지만 간식으로도 손색없다고 생각해요."

　"이유는?"

　"다양하게 개발할 수 있거든요. 그리고 빵만 파는 것이 아니라 과자 역시 같이 만들어서 판매하는 거예요."

　"자세한 설명을 들어 봐야 알겠구먼."

　"아주 간단해요. 기존에 있는 모든 빵을 한 곳에서 만들고 여러 가지 빵을 개발해서 판매하는 거지요. 가령 피자처럼 작은 빵에 치즈와 각종 재료를 넣어서 만든다든지 여러 가지 방법으로 개발하기도 하고, 만들기 힘든 빵을 만들어서 판매도 하고요."

　"별 의미가 없는 것 같네만?"

　사람 사는 곳에는 어디를 가나 빵집은 있기 마련이었다.

　"물론 한 곳에서만 만들면 별 의미가 없지요. 하지만 여러 곳에서 가장 맛있는 레시피를 찾아 똑같이 만들어 판다면요?"

　"아! 그렇구먼! 소자본은 절대 따라올 수 없지!"

　존은 대찬의 말을 정확히 이해했다.

많은 자금이 투자됨과 동시에 한 가지 빵을 만들더라도 연구하고 개발한 가장 맛있는 조합과 비율을 찾아낸다. 그리고 매장을 여러 곳에 만들어 어디를 가나 똑같은 품질의 빵을 판매하는 것이 핵심이었다.

"허, 무서운 생각이구먼."

"그냥, 생각만 해 봤어요. 이 사업을 할 생각은 없고요."

"왜인가?"

"누군가에게는 빵을 만드는 것이 생업이지만, 저는 해도 그만이고 안 해도 그만이거든요. 다만 다른 것은 해 보고 싶네요."

"다른 것?"

"피자 사업은 해 보고 싶어요."

"피자도 빵 아닌가?"

"피자만 개발해서 전문적으로 파는 곳을 만들어 보고 싶어요."

"제빵 사업은 관심 없다더니만 유독 피자에만 관심을 가지니 흥미롭구먼."

"음식은 개발하기 나름 아니겠어요?"

한국인의 배달 음식에 빠지지 않는 것 중에 하나가 피자였다. 어느 순간 패스트푸드로 변해 버렸지만 기본적으로 피자는 일반 요리였다.

'치킨을 했으니 피자도 해야 하나?'

대찬은 피식 웃음이 났다.

1915년 12월 25일 크리스마스.

지역별로 병사들에 의해 크리스마스 휴전이 재차 시도되었다.

하지만 이들의 시도는 휴전으로 이루어지지 않았다. 양군 수뇌부에서는 상대방 진영에서 캐럴이 들린다는 보고를 받는 즉시 집중포격으로 화답해 주었기 때문이었다.

그럼과 동시에 14년 당시 휴전을 만들어 냈던 장교들은 군사재판에 회부되어 처벌받은 것을 상기시키며 아직 전쟁이 끝나지 않았음을 알렸다.

그럼에도 불구하고 어디에선가는 조용히 암묵적인 합의하에 전투를 하지 않으며 크리스마스를 보냈다. 물론 시끄럽게 캐럴을 부르며 이것이 보고된 지역에는 포탄이 떨어졌다.

결국 양군은 침묵 혹은 포탄 소리와 함께 크리스마스를 보냈다.

대찬이 크리스마스를 록펠러 가문에서 보내고 샌프란시스

코로 돌아가자 록펠러 가문에서는 브랜드 가치에 대해서 눈뜬 사람들이 생겨났다. 특히 주니어는 이제까지 크게 능력을 보여 주지 못하고 있던 찰나에 번뜩이며 뇌리를 스치는 생각이 있었다.

"록펠러 이름을 단 최고급 브랜드를 만들자!"

사업적 능력과는 별개로 예술적인 능력이 있었는지 아내와 상의 후에 최고급 의류 브랜드를 만들었다.

대찬은 소식을 듣고는 혀를 내둘렀다.

"역시 핏줄은 속일 수 없구나."

그 자리에서 대찬의 이야기를 들은 사람들 중에 엠마도 있었는데 샌프란시스코로 돌아오는 길에 '강씨란 이름으로 최고급 브랜드를 하나 만들어 보고 싶어요.'라고 했기 때문이다.

엠마에게 사업적 능력이 있는 줄 알지 못하다 이번에 의외로 재능이 있다고 걸 알게 되었다.

엠마는 대찬에게 허락을 얻어 냈고 독자적입 사업을 구상했는데, 여성 의류였다.

저녁이 되고 집으로 귀가 후 엠마에게 주니어의 소식에 대해서 어떻게 생각하느냐고 물었다.

"재미있겠네요."

엠마는 이렇게 말하고는 눈에서 불꽃이 튀었다. 그런 그녀에게 대찬은 넌지시 운을 띄웠다.

"속옷도 예쁘면 좋겠죠?"

"네!"

엠마는 얼굴이 빨개졌다.

명환과 그의 아내 순영은 장을 보러 시장에 나왔다.

"얼마예요?"

"30센트예요."

"네! 그렇게 비싸요?"

이런 식으로 가는 곳마다 가격을 깎기 위해 흥정하고 있었다. 명환은 시간이 갈수록 같이 나온 것을 후회하고 있었다.

"마누라, 이만 갑시다."

"아직 필요한 거 다 못 샀어요."

곧 다른 곳에 들러 한바탕 흥정을 시작했다. 그러다 뭔가 수틀렸는지 상인과 순영은 시비가 붙었다.

"adfksladjlfsajdkflsda!"

"afdsljafdksjldasjsada!"

곧 목소리가 커졌고 주변 사람들이 쳐다보기 시작했다.

'부끄럽다.'

명환은 주변을 둘러보며 사과하기 시작했다.

"스미마셍. 스미마셍."

날개

"헉!"

대찬은 어마어마한 액수에 깜짝 놀라고 있었다.

US스틸의 지분을 가지고 있었기에 배당금이 지급되었는데, 이 금액이 상상을 초월했기 때문이었다. 자그마치 5천만 달러, 이것을 존과 나누니 2천5백만 달러가 대찬의 몫이었지만, 전혀 예상하지도 못했던 곳에서 돈이 들어오자 깜짝 놀랐다.

"US스틸이 수출을 엄청 하나 보네."

세계적으로 전쟁이 일어나고 있는 와중에 제대로 된 자재를 공급할 수 있는 국가는 거의 없다시피 했는데, 미국은 양측에 엄청난 양을 수출하고 있었다.

대찬은 이 돈을 어떻게 굴릴지 고민했다.

"크게 고민할 필요 없지. 증권회사나 하나 만들까?"

앞으로 계속 호황이 이어질 것이니 적당한 기업들에 투자해 놓는다면 당분간 수익은 보장될 것이다.

"그러고 보니 제시 씨가 엄청난 사람이었어."

종잣돈을 빌려 사설 증권회사에 드나들기 시작한 지 얼마 지나지 않아 엄청난 소문이 들려왔다. 처음에는 '주식을 잘하는 사람이 있다.'라고만 이야기가 돌다가 얼마 지나지 않아 '귀신' 조금 더 지나자 '주식의 신이 나타났다.'라고 소문이 났다. 샌프란시스코에서 주식 좀 한다는 사람들 사이로 소문이 자자했다.

얼마 지나지 않아 제시는 대찬을 방문해 빌려준 돈을 이자까지 쳐서 돌려주었다. 그러면서 이렇게 말했다.

"확실히 제가 있어야 할 곳을 월스트리트인 것 같습니다. 기회가 되면 또 뵙도록 하지요."

인사를 하고 홀연히 뉴욕으로 떠난 제시가 샌프란시스코에서 하루에 벌어들인 수익은 1만 달러였다.

"만드는 건 문제가 아니지만 맡아 줄 사람이 없네."

주식에 천부적인 감각이 있는 사람이 있다는 것을 제시를 보면서 깨달았기 때문에 망설여지는 게 사실이었다.

"아예 다르게 해 볼까?"

문뜩 드는 생각이 있었다.

아메리칸
드림

"내가 너무 특별한 인재를 찾나?"

주식에 대해서 제시라는 걸출한 인재를 보았기에 눈이 높아진 것이 아닌가 하는 생각을 했다.

"없으면 내가 발굴해야지. 그럼 그중에서 한 명쯤은 인재가 나오지 않겠어?"

대찬은 깊게 생각하지 않고 샌프란시스코에 증권회사를 하나 만들었다. 그러곤 대대적으로 매니저를 모집하기 시작했다. 기본급에 인센티브라는 제도를 만들었기에 욕심이 있고 능력 있는 사람은 금방 두각을 낼 것이다.

"이제 시간이 해결해 주겠지."

경제가 호황이기 때문에 회사가 적자를 볼 것이란 생각은 전혀 들지 않았다.

똑똑.

"들어와요."

덕원일 거라 예상했는데, 뜻밖에도 철영이었다.

"사장님."

"아, 철영이 형 무슨 일이에요?"

그는 얼굴이 잔뜩 붉어진 채로 분노가 가득해 보였다.

"서재필, 아니 필립 제이슨 말입니다."

느낌이 좋지 않았다. 대찬의 얼굴이 잔뜩 찌푸려졌다.

"뭔가요?"

"당장 캘리포니아 밖으로 쫓아내야 할 것 같습니다."

"앞뒤 다 자르고 그게 무슨 말이에요?"

철영은 아무 말도 않고 조용히 서류를 내밀었다. 조용히 읽기 시작했는데, 시선이 내려갈수록 대찬의 미간은 한층 더 찌푸려졌다.

"파벌 형성, 유언비어 생성⋯⋯."

짧은 시간 동안 참 많은 일을 했다는 생각이 들었다. 하지만 가장 마음에 들지 않는 것이 있었다.

"정체성 개조!"

고개를 들어 철영과 눈을 마주치자 철영은 고개를 끄덕였다.

"사실입니다."

"허, 미국인 시민권을 가지고 있으니 없어져 버린 조국은 잊어버리고 미국인으로서 살아야 한다?"

민족 개조론을 주장하는 사람은 많았으나 정체성 개조론을 주장하는 사람은 서재필이 처음이었다.

"그래서 지금 그 사람은 어디 있습니까?"

"제가 이미 쫓아냈습니다. 지금쯤 동부로 가는 기차에 타고 있을 겁니다."

"잘했어요."

처음부터 찜찜한 마음이 들어 일부러 제대로 면담하지 않고 철영에게 보낸 것이었는데, 그러길 다행이라는 생각이 들었다. 만약 이상한 꼬투리라도 잡혀 이상한 소리를 하고 다

녔다면 크게 곤란했을 것이었다.

"앞으로는 이런 일이 일어나면 지금과 똑같이 선처리, 후 보고를 해도 돼요."

"알겠습니다. 그리고 검증되지 않는 인물에 대해서 접촉을 자제하실 필요가 있을 것 같습니다."

"알겠어요."

보고를 마무리하고 떠나려는 철영을 붙잡았다.

"철영이 형, 물어볼 게 있는데요."

"말씀하십쇼."

"집 크기가 얼마나 되나요?"

철영은 순간 말문이 막혔다.

"……나보다 커요?"

"……네."

"……얼마나요?"

"……죄송합니다."

"……아니에요. 그럼 에릭은?"

"……더 큽니다."

"제레미, 준명이는요?"

"…….'

"……그렇군요."

철영이 사무실을 나가자 대찬은 한숨이 절로 났다. 신이 나서 집을 짓기 위해 이것저것 알아보러 다니는 엠마를 자제시킬 생각을 접기로 했다.

"내가 대장인데!"

존의 말은 틀린 것이 하나도 없었다.

♣

헤르만 괴링은 귀족은 아니었지만 집안 배경이 좋았다. 그는 당시 독일에서 가장 선호하는 직업군인이 되기 위해 육군 사관학교를 졸업했다.

이어 월하임에서 보병으로 근무하다 부상을 입었는데, 이후 신체검사에서 육군 복무가 불가능하다는 판정을 받았다. 이에 군인이 될 수 있는 길을 찾았고 공군이 되었다.

독일 제국의 참모총장 에리히 폰 팔켄하인은 프랑스가 마지막 병사까지 투입하지 않을 수 없는, 지구전을 위한 공격 지점으로 베르됭을 선택하였다. 그러자 괴링은 비행기로 베르됭 곳곳을 정찰하여 지휘부에 보고하였다.

보고를 받은 빌헬름 2세는 괴링을 크게 칭찬했고 정찰의 결과를 가지고 작전 계획을 수립하였다.

1916년 2월 21일.

프랑스는 독일군의 공격을 알고 있었으나 베르됭이 아닌 다른 곳일 것이라고 생각해 아무 방비도 해 놓지 않았는데, 팔켄하인은 프리드리히 빌헬름이 지휘하는 제5군 14만 명의 병력에 1천4백 문 이상의 대포를 지급해 주었고 12시간 이상 매 시간당 10만 발의 포탄을 쏟아부었다.

이전까지의 전투에서는 사전에 위치 정보를 알 수 없었기에 대포는 위협용으로 쓰거나 공성전에만 쓰였으나 비행기의 정찰로 인해서 정확한 타격 위치를 파악하고 쏠 수 있게 되었다. 또 기술 개발로 인해서 전쟁의 양상은 기계적으로 변했기에 수많은 포탄을 쏠 수 있었다.

4일 동안에 기습적인 독일군의 포격으로 프랑스군은 대략 10만 명의 전사자가 생겼고, 2월 24일에 프랑스군 제2방어선이 무너졌다. 이어 2월 25일에는 베르됭 최후 전방 보루였던 두오몽 요새까지 함락되었다.

맞서는 프랑스군은 더 이상 전선이 무너지면 패배로 이어질 수 있다는 판단에 필리프 페탱 장군의 지휘 아래 2월 26일부터 2월 29일까지 전력을 다해 맞서 독일군의 공격을 저지시켰다.

이러한 과정에서 생시르 사관학교를 졸업하고 베르됭 전투에 참가한 샤를 드 골은 부상을 입고 독일에 포로로 잡혔다.

엄청난 전투에 신문을 읽고 있는 대찬은 입이 딱 벌어졌다.

"정말 무식하게 싸우네."

신무기와 신기술로 인해서 아직까지 제대로 된 전술이 없었기에 가장 간단하고 1차원적인 전쟁이었다. 비효율적이고 자원 낭비가 심한 것이었지만 효과는 탁월했다.

"그 자리에 없어서 다행이야. 만약에 거기 있었다면……
으!"

온몸에 소름이 끼쳤다.

"뭘 그렇게 읽어요?"

"아, 전쟁 기사가 있기에 읽고 있었어요."

"많이 안 좋아요?"

"끔찍하네요."

"그럼 읽지 말아야겠네요. 근데 나 바뀐 거 없어요?"

순간 대찬은 얼음이 되었다.

'심호흡, 심호흡!'

다급하게 마음의 안정을 찾고 천천히 엠마를 살피기 시작
했다.

최근 들어서 무언가 바뀐 게 없냐고 물었는데, 질문에 대
답을 제대로 하지 못한다면 저녁밥이 이상했다.

"없어요?"

'끄응…….'

항상 무엇이 달라진지 알 수 없었다.

"어…… 어……."

웃고 있는 엠마의 표정이 조금씩 차가워지기 시작했다.

"그게…… 그게……."

"어떻게 이것도 모를 수가 있어요?"

아메리칸
드림

"뭐, 뭐가 바뀐 거예요?"

"여기 봐요!"

엠마는 가슴을 내밀었다.

"실망이에요."

도대체가 알 수 없었다. 대찬은 큰마음을 먹고 물어봤다.

"뭘 말하는 거예요?"

"이것 봐요. 가슴선이 달라졌잖아요."

"……."

잠시간의 정적.

"아!"

"됐어요!"

엠마는 의류 사업을 시작한 이후 대찬이 넌지시 던진 속옷에 대해서도 관심을 가졌다. 그러다 새로운 모양을 만들고 디자인을 신경 써서 만들기 시작했다.

"내가 그런 것을 어떻게 아냐고!"

대찬은 명환이 그리워졌다. 명환이라면 분명히 해답이 있을 것만 같았다.

야심한 시간.

"서방님, 저 달라진 거 없어요?"

순영은 고혹적인 눈빛으로 명환을 바라봤다.

명환은 순간적으로 자세를 바꾸기 시작했다.

"오! 그, 그 뭐라고 하더라? 거기, 거기. 아, 생각이 안 나네!"

아는데 생각이 나지 않는다는 듯이 말하기 시작했다.

"호호."

순영은 웃음을 터뜨렸고 명환은 계속해서 허세를 부렸다.

"내가 이렇게 머리가 나쁜 사람이 아닌데 말이야. 당신이 너무 예뻐서 머리가 멍청이가 됐네, 하하."

명환에게 다가간 순영은 상반신을 숙여 가까이 붙었다.

"바뀐 거 없거든요!"

순영은 베개를 들어 명환에게 휘둘렀다.

펑!

'나보고 어쩌라고!'

명환은 현명한 대찬이 생각났다.

미국 정부와 협상으로 인해서 사업적으로 가로막혀 있던 장벽이 무너졌다.

"이제는 모든 사업을 할 수 있다."

대찬이 제일 먼저 시작한 사업은 자동차와 무기 개발 연구소였다. 자동차로 육군의 꽃인 기계화 보병을 만들 수 있었다.

일단 그에 걸맞은 무기를 만들기 위해서 연구소를 만들었다. 만들면서 정부의 저지가 들어오면 어떡하나 걱정했지만 다행히 아무런 제재 없이 만들 수 있었다.

이어 모든 기계의 핵심 부품인 엔진 연구소를 만들었다.

"모든 엔진을, 특히 자동차, 비행기, 선박의 엔진을 중심으로 연구하세요."

동력이 필요한 모든 것엔 엔진이 가장 중요한 부품이다. 엔진의 성능이 향상되면 그만큼 도움이 될 것은 당연한 일이었다.

모든 것이 조금씩 틀이 잡혀 가는 것 같아 대찬은 기분이 좋았다.

"아무것도 없었는데 말이야."

처음 참치를 잡아 돈을 벌었던 것이 생각났다.

"나도 많이 컸네."

옛날 일을 회상하며 한참 키득대고 있다가 노크 소리에 정신이 들었다.

"사장님, 방금 올라온 보고서입니다."

서류를 받아 보자 록펠러-강 항공 산업에서 보내온 것이었다.

촤락.

좋은 소식임을 직감했기에 서류를 넘기는 소리가 경쾌했

다.

"오! 드디어!"

광명이 보내온 서류에는 양산할 수 있는 기체가 개발되었다는 소식이 적혀 있었다. 마지막에 대찬이 방문하길 바란다는 말로 서류는 끝이 났다.

당장 전화기를 들었다.

－전화 오는 것을 보니 잘 도착했나 보구먼.

대찬은 샌프란시스코에 도착하고 전화를 하지 않았던 것이 생각이 났다.

"아, 죄송합니다. 제가 생각이 짧았네요."

－바쁘면 그럴 수 있다고 생각하네. 마음 쓰지 말게. 그래, 무슨 일인가?

"비행기가 개발됐습니다."

－비행기? 정말인가!

"네, 방금 보고받았어요."

－하하, 자네가 방문한 지 얼마 되지 않았는데 이번에는 내가 방문해야겠네.

"그럼?"

－당연하지 회사의 첫 비행기가 하늘을 나는 모습을 어떻게 놓칠 수 있겠나?

"알겠어요. 그럼 기다리고 있을게요."

－좋아, 그럼 며칠 뒤에 보세.

아메리칸
드림

마음이 급했는지 존은 서둘러서 샌프란시스코에 도착했고 대찬과 함께 회사로 향했다.

"오셨습니까?"

광명은 긴장된 표정으로 대찬을 맞이했다.

"왜 그렇게 표정이 좋지 않으세요?"

"하, 하. 이상하게 속이 좋지 않습니다."

그는 양산기의 비행 시연을 앞두고 긴장한 탓에 얼굴이 창백했다.

"오! 이것이 첫 비행기인가?"

존은 시연 기체 옆에 찰싹 달라붙어 아이처럼 좋아하며 이것저것 물어보기 시작했다.

"소개하겠습니다. 아직 정식 명칭은 없고 가—1호로 불리고 있습니다. 보시다시피 좌석은 두 개로 2인승이며, 앞뒤로…… 이것으로 기체 설명을 마치겠습니다."

창백했던 광명의 얼굴이 기체를 설명함과 동시에 자신감으로 가득 찼다.

"기대되는구먼."

의외로 이곳에서 가장 기대하고 있는 사람은 존이었다.

"이런 모습은 처음 보는 것 같네요?"

"하하, 내가 나이를 많이 먹어서 그렇지, 하늘을 날 수 있다는 것은 모든 사람의 꿈이 아니겠나?"

"맞아요."

두 사람은 기체 설명에 집중했다. 얼마 지나지 않아 설명이 끝나고 비행 시연을 기다리자, 두 사람이 조종사로 소개가 되었다.

"안창남."

"이응효입니다."

간단한 소개가 끝이 나자 두 사람은 차례로 비행기에 탑승했다.

시동을 걸기 전 프로펠러 앞에 한 사람이 서 세게 돌려 주었다.

투두둥!

거친 소리와 함께 엔진에 시동이 걸렸고 프로펠러는 빠른 속도로 돌기 시작했다.

기체는 천천히 전진을 시작했고 이윽고 어느 정도 속도가 붙자 중력을 거스른 듯 지면에서 멀어졌다.

"와!"

연신 감탄성을 지르며 신나 했다.

"나도 한번 타 보고 싶구먼."

존이 대찬의 옆으로 와 넌지시 탑승하고 싶은 욕구를 내비쳤다. 이에 대찬이 광명을 바라보자 고개를 끄덕이며 가능하다는 표시를 했다.

"위험할지도 모르는데 괜찮을까요?"

"별일 있겠나? 이미 살 만큼 살았는데 평생의 꿈이나 한번

아메리칸
드림

이루고 죽는 것도 나쁘지 않지!"

"안전은 걱정하지 않으셔도 됩니다."

광명이 중간에 끼어들며 안전에 자신했다.

"뭔가 방법이 있나요?"

"아닙니다. 다만 자신 있습니다."

기체는 이미 완성되었지만 양산 발표를 하지 않았던 이유는 광명의 마음에 전혀 들지 않았기 때문이었다. 수정을 하고 보완을 하고 개량한 결과, 현재는 변수가 생기지 않는 이상 문제가 없으리라 확신하고 있었다.

멋지게 비행을 마치고 착륙을 하자 존은 이응효가 앉았던 뒷자리를 차지하고 앉았고 비행기는 다시 한 번 날아올랐다.

"사장님도 타 보시겠습니까?"

광명의 제안에 대찬은 고개를 끄덕였다.

비행을 마치고 하늘에서 내려온 존은 얼굴이 붉게 상기되어 있었다.

"내 평생 잊지 못할 경험이야."

존은 흥분이 가시지 않은 듯 몸을 가늘게 떨었다.

"이번에는 제가 다녀올게요."

뒷좌석에 앉고 준비되자 기체는 가볍게 공중으로 떠올랐다.

"아!"

하늘에서 지상을 내려다보자 여러 가지 감정이 들었다.

'오랜만이네.'

세상을 발아래 둔 기분과 무엇이든지 내 마음대로 할 수 있을 것 같은 느낌. 잊고 있었던 기억이 되살아나고 있었다.

"이제 내려가겠습니다."

안창남은 큰 소리로 착륙할 것을 알렸다.

기체가 안정적으로 착륙하자 대찬은 깜짝 놀랐다. 자신이 예상했던 것보다 굉장히 부드럽게 지면에 안착했기 때문이었다.

"어떻습니까?"

비행기에서 내린 후 광명은 대찬에게 소감을 물었다.

"굉장히 좋은 기체네요. 그런데 이착륙이 굉장히 부드러운 것 같던데요?"

"아, 그걸 느끼셨습니까?"

순간 괄괄한 목소리로 말을 꺼내는 사람이 있었다.

"광명이 그 문제 때문에 계속 연구만 했다네."

목소리가 난 쪽을 보자 그곳에는 노백린이 있었다.

"아, 노 장군님."

"금산, 오랜만이네."

"네, 그동안 잘 지내셨어요?"

"여기 생활이 마음에 드네. 아무튼 아까 전 이야기를 계속하자면, 이착륙이 불안하다는 생각이 들었는지 해결하기 전까지는 개발 완료 보고를 할 생각을 않더군. 그게 해결이 되자 자네에게 보고가 된 거야. 사실 저 기체는 이미 한참 전에 개발 완료가 된 상태였지."

"그렇군요. 이유를 물어도 될까요?"

이유가 궁금했다. 개발이 완성된 기체는 판매하다가 문제점을 보완해 가는 식이었다. 더구나 지금은 한창 전쟁 중이었다.

"추락을 제외한다면 비행기가 가장 사고가 많이 날 때가 이착륙 시였기 때문입니다."

"이착륙?"

"그렇습니다. 기존 비행기는 엔진 때문인지 잔떨림이 많아 이착륙하는 것이 문제였습니다."

사실을 확인할 수 없어 대찬이 노백린을 쳐다보자 그가 고개를 끄덕였다.

"그럼 그 문제가 해결되었나요?"

"지금 사용하는 엔진까지는 별문제 없습니다. 하지만 앞으로 마력이 더 좋은 엔진으로 비행기를 만든다면, 지금보다 더 개량해야 할 것 같습니다."

"그렇군요."

고가의 비행기가 이착륙에 문제가 생겨 파괴된다면 그보다 허탈한 일이 없을 것이다. 그러한 문제를 사전에 해결했다는 것에 대해서 대찬은 만족을 느꼈다.

"기체 이름을 명명해 주시겠습니까?"

"존?"

"아, 기체 이름말인가? 호크Hawk 어떤가?"

"매, 좋네요."

복엽기기 때문에 굳이 생긴 것을 말하자면 잠자리 같았지만, 외형과는 별개로 하늘의 강자인 매란 이름을 붙이는 것도 나쁘지는 않았다.

"그럼 Hawk-1로 명명하겠습니다."

록펠러-강 항공 산업에서는 공식적으로 호크-1이 개발 완료되었음을 알리고 판매에 들어갔다. 가격은 한 기당 1만 달러가 책정되었고 홍보에 열을 올리기 시작했다.

"개발에 투자한 비용이 얼마 안 되는데, 몇 대만 팔아도 본전이네."

가장 먼저 호크-1에 관심을 가진 것은 미국 정부였다. 소식이 전해지자 바로 실사단을 보내 비행기의 성능을 확인하기 시작했다.

아직까지 비행기는 간신히 시속 100킬로가 넘었지만 베르됭 전투로 인해서 공중정찰에 대한 효용성이 알려졌고 점점 그 가치가 부각되고 있는 상황이었다.

"어떻습니까?"

"아주 좋습니다. 그런데 한 기에 1만 달러는 너무 비싼 것 같습니다."

"정부에서 구입한다면 몇 대나 구입하실 생각입니까?"

"일단 이번에 발주를 넣는다면 열 기를 생각하고 있습니다."

정부 측 인사의 발언을 듣고 대찬은 표정 관리를 했다.

'와! 열 기면 벌써 10만 달러!'

마음과 반대로 표정을 최대한 암울하게 만들었다.

"비행기 제작은 전부 수작업으로 합니다. 한 달에 겨우 몇 기를 생산할 수 있습니다."

가격을 깎아 주는 것에 대해 난색을 표하며 죽는소리를 했다.

"그렇다면 올해 생산분을 전부 정부에 넘겨주시겠습니까?"

"그럼 가격은……."

"1만 달러로 해 드리겠습니다."

"알겠습니다."

"그리고 우선 한 기를 먼저 가지고 가야겠습니다."

대찬은 광명을 바라보며 가능한지 의사를 물었더니 고개를 끄덕이며 가능하다는 표시를 했다.

"좋습니다."

바로 계약서를 만들어 체결한 후에 기존 생산되어 있던 기체 한 기를 넘겨주었다.

"앞으로 생산되는 즉시 연락 주시면 인수하러 오겠습니

다."

　다음으로 각국에서 실사단을 보냈지만 대찬은 기체를 보여 줄 수 없는데, 정부와 계약을 하자 방위산업체로 묶었고 정부 허락 없이는 수출이 불가능해졌다.

　"도대체 무슨 생각인 거야?"

　수출 금지 조치가 되자 대찬은 답답해졌다.

　워싱턴 D.C.

　넓게 트인 공터에서 각국의 대사들을 초대한, 미국 정부의 행사가 시작되었다.

　"지금 보신 기체는 록펠러-강 항공 산업에서 선보이는 기체입니다. 이 기체는……."

　기체 시연이 끝나자 몇몇 체험 인원을 뽑아 체험을 하게 해 주었고 이 소식은 전 세계로 뻗어 나갔다.

　"굉장한 비행기가 나타났다!"

　기체를 구입하기 위해 유럽 국가들은 동분서주했다. 단 한 기라도 구해 연구할 수만 있다면 자국에게 도움이 되기 때문이었다.

　사실 미국이 그 전부터 록펠러-강 항공 산업에 붙어 있는 비행 학교에 위탁 교육을 부탁하며 사람을 보낸 이유가 있었는데, 그편이 최신 기체에 대해서 알기 쉽기 때문이었다.

그리고 어느 정도 정보가 쌓이자 지금 만들고 있는 기체가 범상치 않음을 알게 되었고, 먼저 올해 생산되는 기체를 선점함으로써 외부로 유출되는 것을 막았다.

외국에서 생산되는 비행기보다 스펙에서 특별함은 없었지만 이착륙이 안정적이라는 것이 가장 큰 장점이고 무기였다. 다른 기체는 아직까지 이착륙에 대한 불안감이 완벽하게 해소되지 않았다.

－자네 말이 맞았구먼.

"앞으로 꾸준히 생산해서 판매될 것이니 수익은 계속해서 증가할 거예요."

－하하, 아주 기분 좋은 소식이구먼.

"그런데 여기서 멈추면 안 되겠지요?"

－다른 생각이 있는가?

"더 좋은 전투기도 만들고……. 저는 여객기에 관심이 있어요."

－여객기?

"네, 미국은 너무 넓고 이동이 불편하거든요."

－그렇구먼! 앞으로는 비행기로 이동하는 시대가 오겠구먼.

"시간이 좀 걸릴 테지만 그렇게 될 것이 확실해요."

―하하. 그럼 뉴욕 주에서 캘리포니아 주까지 굉장히 가까운 거리가 되겠구먼.

"그렇겠죠? 그리고 부자들 사이에서는 개인기까지 마련하는 사람이 생기지 않을까요?"

―달콤한 생각이야.

존과 미래에서 일어날 일들에 대해 대화하면서 그날이 머지않았음을 대찬은 느끼고 있었다. 기술 개발에 탄력이 붙으면 그 속도가 빠르기 때문이었다.

"앞으로 백 년 안에 세계는 하루 거리가 될 거예요."

―내가 죽기 전에 그랬으면 좋겠구먼.

이미 나이가 많은 존은 굉장히 아쉬운 기색이 역력했다. 1839년에 태어난 그는 이미 적지 않은 나이였다.

"……"

―내가 또 우울한 소리를 했구먼. 그럼 또 통화하기로 하지.

전화를 끊고 나서 대찬은 쓸데없는 소리를 했다고 자책했다.

따르릉.

"존입니다."

―존, 오랜만입니다. 토마스입니다.

"오랜만이네요. 잘 지내셨죠?"

그동안 서로 연락이 없었기에 간단하게 안부를 주고받았

다.

—정부에서 연락이 왔습니다.

"뭔가요?"

—곧 대통령 선거가 있지 않습니까?

"벌써 그렇게 됐나요?"

우드로 윌슨이 대통령이 된 지 벌써 많은 시간이 지났고
대통령 선거가 코앞에 다가왔다.

—시간이 참 빠르지요. 아무튼 들은 그대로 전해 드린다면,
이번 선거가 지나고 난 다음에 본격적으로 일이 진행될 것이라
고 하더군요.

"그렇습니까?"

일이 빠르게 진행되지 않는다 느끼고 있었지만 그 이유까
진 몰랐는데, 가만 보니 대통령 선거가 있다는 것을 까마득
하게 잊고 있었다.

"이번 선거는 어떨 것 같습니까?"

—민주당 내에서는 별다른 일이 없는 이상 재선이 될 것이라
고 낙관하고 있습니다.

우드로 윌슨이 대통령이 된 이후 자잘한 전쟁도 있었지만
한편으로는 경제를 호황으로 만들었기 때문에 지지율이 상
당한 편이었다. 그리고 대찬의 입장에서도 연임하는 것이 훨
씬 도움이 되었다. 계약의 주제가 현 정부였기 때문이다.

'아마도 이 전화는 정치자금 때문이겠지?'

"알겠습니다. 걱정하지 않으셔도 될 것 같군요."

-하하, 그럼 기회가 되면 같이 식사라도 하지요.

토마스와 전화를 끊고 덕원을 불러 정치자금 지원을 지시했다. 평소에 하는 것보다 훨씬 많은 액수였는데, 연임이 확실시되는 판에 밉보일 필요 없고 오히려 눈에 띄는 것이 앞으로의 행보에도 유리할 것으로 판단했기 때문이다.

"지긋지긋하다!"

때가 되면 이런 식으로 에둘러서 압박하니 비위는 맞춰 줬지만 한편으로는 상당히 스트레스였다.

똑똑.

"들어오세요."

"사장님, 전하께서 찾아오셨습니다."

"네."

'무슨 일이지?'

일이 없을 때는 전혀 찾아오지 않았기 때문에 궁금함이 생겼다.

"금산, 잘 지냈소?"

"그렇습니다. 그간 무고하셨습니까?"

"잘 지내고 있소이다. 사실 내가 찾아온 것은 이유가 있소."

"경청하겠습니다."

"혹시 덕화은행을 알고 있소?"

"덕화은행……."

"이것 받으시오."

이은은 대찬에게 동전을 하나 건네주었다.

앞면에는 오얏꽃이 그려져 있고 뒷면에는 독수리 문양이
인상적이었다.

"대한제국의 화폐요."

대한제국의 동전은 처음 보는 것이었다.

"사실 1909년 고종 황제께서 덕화은행에 내탕금을 찾아오
라고 미국인 헐버트를 밀사로 상하이로 보냈소. 그런데……
누군가 내탕금을 전부 찾아가 버렸소."

"액수가 얼마나 됩니까?"

"17만 달러에 상당한 양의 금과 은이 비밀리에 맡겨져 있
었소."

"어떻게 아셨습니까?"

"헐버트가 사모궁으로 찾아와 모든 진상을 알려 주었소."

이은은 대찬이 지원해 주는 생활비를 제외하고는 단 한 번
도 손을 벌린 적이 없었다.

"제가 어떻게 해 드렸으면 합니까?"

"금산을 제외하고는 누구도 추적할 수 없을 것 같다는 생
각을 했소. 범인은 분명히 일본이겠지만, 확실한 증거를 찾
아 줄 수 있겠소?"

"알겠습니다."

미국의 발명가인 새뮤엘 맥클린이 맥심의 특허를 피하기 위해 사격의 반동력으로 캠을 돌려 탄창 자체를 회전시키는 독특한 구조를 가진 수랭식 기관총을 개발하지만, 미 육군의 흥미를 끌지는 못했다.

실망한 맥클린은 오토매틱 암즈라는 무기 회사에 특허를 팔아 버렸고, 이 회사는 당시 미 육군 중령으로 병기국 소속이었던 아이작 뉴턴 루이스에게 개량을 의뢰했다.

하지만 석연치 않은 이유로 이 무기를 도입하지 않았는데, 유럽 전선에서는 비교적 저렴한 가격에 사용했고 나중에는 가벼운 무게로 진격을 쫓아다니며 화력지원을 해 줄 수 있기에 애용하는 병기가 되었다.

"세상에……."

잘 개발해 놓고도 사용하지 않는 그 석연치 않은 이유에 대해서 집중하게 되었다. 대충 무엇 때문인지 알 것 같았다.

군軍

전투식량이야 만족도가 높았고 획기적인 상품이었기에 문제 될 것이 없었지만 비행기만큼은 이야기가 달랐다.

"기름칠 좀 해야겠는데?"

본격적으로 군수납품이 시작되자 현역군 장성 혹은 군인 가문과 좋은 관계를 가져야 될 필요성을 느꼈다.

"대충 생각나는 건 맥아더하고 아이젠하워, 패튼밖에 없는데?"

대찬이 생각한 사람들은 아직까지 힘 있는 장성이라고는 생각되지 않았다.

"다 엄청 젊을 거야."

현재 사업을 운영하는 데 있어서 그다지 중요한 인물들은 아니었다.

"미래를 위해 투자는 해야겠지?"

간단하게 정리를 하고 현재를 생각해 보자 가장 중요한 인물은 존 조지프 퍼싱이었다. 그의 이력은 엄청났다.

1886년 웨스트 포인트 졸업과 함께 기갑부대 장교로 임관한 후 미국 서남부 지역에서 아파치 인디안족 소탕에 참여했고 그 후 1891년 사우스 다코다 운디드니 전투에서 수우족 소탕의 마무리를 도왔다.

1891년부터 1895년까지 네브라스카 대학에서 군사학 교수로 근무했는데, 이때 비번 시간을 활용, 법학학사가 되었다.

미국-스페인전 발발 후 그는 대위로서 흑인들로만 구성된 제10중대를 지휘했다. 이때 맡은 직무와 유머를 모르는 그의 엄격한 성격 때문에 '블랙 잭Black Jack'이란 별명을 얻었다. 어쨌든 퍼싱과 그의 흑인 병사들은 쿠바의 엘케니와 케틀 언덕 전투에서 용감하게 싸워 루스벨트가 이때부터 크게 관심을 갖기 시작했다.

1899년 필리핀에서 그는 모로 반란군을 평정하는 전투술을 보이고 군행정을 쇄신함으로써 높은 평가를 받았다.

그 후 필리핀 근무와 주일본 대사관 무관 직책을 수행하면서 1905~1906년의 러일전쟁 관찰역을 맡기도 했다.

이때 당시 대통령이었던 루스벨트는 퍼싱을 대위에서 준장으로 진급시켰는데, 이는 전례에 없던 일이었다. 4계급 뜀

뛰기 비약 승진으로 퍼싱은 계급이 높은 선임 장교들을 앞질러 주위의 부러움을 샀다.

"이런 사람이 내가 가면 만나 줄까?"

당대 최고의 장군이라는 평가받는 사람이었고 그의 이력을 본다면 인종차별도 없을 법했다.

"하지만⋯⋯."

대찬 스스로가 느끼기에 확률은 반반이었다.

"태프트를 생각하면 만나 줄 것 같기는 한데⋯⋯ 루스벨트를 생각하면 안 될 것 같고⋯⋯."

시어도어 루스벨트를 대찬의 입장에서 본다면 친일에 가까운 사람이었다. 그런데 퍼싱은 그의 총애를 엄청 받은 사람이다.

"퍼싱 장군만 선이 닿는다면 어떻게든 단박에 끝날 텐데⋯⋯."

지금으로서는 가장 경력이 화려한 그와 선이 닿는 것이 정답인 것 같았다.

"한 명 더 생각나는데, 마샬?"

미국군 운영에 엄청나게 영향을 끼친 그도 지금쯤 어딘가에 있을 것이 분명했다.

"일단 댈 수 있는 한 최대한 선을 대 보자!"

대찬은 최근에 많이 쉬었던 로비 라인을 재가동하기 시작했다. 로비가 계속해서 이루어지고 있기는 했지만 대찬의 위치가 많이 상승한 덕에 예전과 같이 무분별한 로비는 없었기 때문이었다.

"작은아버지하고 인수 아저씨 그리고 사인방을 써먹을 때가 됐네."

캘리포니아 정치 활동을 위해서 지원해 주고 있는 사인방은 나름 자리를 잡아 가며 활발하게 활동하고 있는 중이었다. 경찰 출신인 프레디는 하원 의원이 되었고 나머지도 조금씩 영향력이 커지고 있었다.

"아버지가 하와이에 주둔하고 있는 해군은 잘 구워삶아 놓으셨으니까 그쪽을 통해서도 한번 선을 대 봐야겠다."

육군과 해군은 있었으나 공군은 정식적으로 만들어지지 않았다. 그래서 육군항공대, 해군항공대 이런 식으로 배치되어 있어 로비를 해야 될 범위가 굉장히 넓었다.

"뭐 어디랑 선이 닿든 나쁜 일은 없을 테니까 상관없겠지?"

마침 보유 자금도 많았고 시기상으로 나쁘지 않았다.

대찬의 지시에 군에 대해서 전격적인 로비가 벌어지기 시작했다.

목표는 단 하나!

미군에 공식적인 기체 중에 하나로 채택됨과 동시에 많은 양의 판매가 되도록 하는 것이었다.

"그런데…… 가만 생각해 보니 기체는 한 대에 1만 달러인데

아메리칸
드림

로비에는 수십 수백 배가 드네? 이게 득인 거야 실인 거야?"

로비를 시작하고 나서 헷갈리기 시작했다는 점을 제외하고는 일이 성공적으로 진행되었다.

"맥아더, 패튼, 아이젠하워, 마샬 이 네 가문은 집중적으로 친한파로 만들어 주세요."

2차 대전의 주역들을 친한파로 만드는 것은 당연한 일이었다.

따르릉.

"왠지 존일 것 같은 이 예감은 뭐지?"

딸칵.

"여보세요?"

―날세.

'헉!'

―재미있는 일을 하고 있더구먼.

"재미있는 일이요?"

―요즘 군인들 주머니 사정이 풍족하다고 소문이 자자해서 말이야.

"아!"

로비가 시작된 지 얼마 되지 않았는데 벌써 소문이 돌기 시작했다는 것이 신기했다.

"어떻게 아셨어요?"

-하하, 나도 똑같은 일을 하고 있었네.

"그럼?"

-그렇지, 우리는 생각하는 게 별반 다를 게 없구먼.

"하하하, 근데 왜 우리 사람들은 말이 없을까요?"

똑같이 로비를 했으면 대찬의 사람들도 소식을 들었을 것이고 보고가 올라와야 정상이었다.

-그거야 자네 이름으로 로비하고 있어서 그럴 것이네.

"네? 제 이름으로요?"

-록펠러는 이미 유명하기도 하고 적이 많으니 군수 쪽으로는 굳이 눈에 띄기 싫더구먼.

"그래도 명성은 높을수록 좋지 않을까요?"

-이제부터는 내 후대가 해야 될 일이지. 나는 할 만큼 했다고 생각하네.

"부럽네요. 많은 걸 이루고 관망하는 자세."

-자네는 아직 젊으니 더 뛰어야지. 그런데 동부는 진출할 생각이 없나?

대찬의 본거지라고 할 수 있는 곳은 하와이였고 전진기지라고 할 수 있는 곳은 캘리포니아였다.

"그게…… 걸리는 것이 많아서요."

-흠, 인종차별 말인가?

"……네."

한인의 위상은 처음과는 무척 달랐다. 지금 서부에서는 한인이라고 하면 어느 정도 사는 사람들이라는 이미지가 생기기 시작했다. 하지만 서부를 벗어나게 된다면 이야기가 달라졌다.

-처음 캘리포니아에서는 어떻게 살았나?

"처음에요?"

샌프란시스코에 처음 도착했을 때는 이미 길현과 인수를 통해서 많은 로비를 해 놨었고 어느 정도 기반이 잡혀 있었다.

"그러고 보니 처음 샌프란시스코에 진출했을 때는 한인들의 숫자도 어느 정도 있었고 작은아버지가 터를 닦아 주셔서 큰 어려움을 느끼지 못했어요."

-그럼 똑같이 하면 되지 않겠나?

"그럼 좋겠지만……."

이상하게 겁이 많이 났다.

-쯧쯧, 처음에는 언제든 하와이로 돌아가면 된다고 생각했으니까, 그래서 도전하는 마음으로 시작한 것이 아닌가?

"아!"

-동부도 도전해 보게. 안 되면 다시 서부로 돌아가면 될 것 아닌가?

'그러고 보니 다시 거기에 갈 이유가 있잖아?'

뉴욕에서 불타 버렸던 창고에 덜컥 겁먹고 모든 것을 철수시켜 버렸던 것이 생각났다. 당시에 준명은 이를 갈며 어떻게든 이겨 내려고 했었다.

'현재는 준명이도 무시하지 못할 위치에 있고…….'

카길과의 혼인으로 준명은 종묘 사업에서 승승장구하고 있었다.

─이제야 흥미가 동했나 보구먼. 어서 오게, 좁은 데서 그만 놀고 말이야.

통화가 종료되자 대찬은 동부 진출에 대해서 깊게 생각했다.

"미국 전체를 한인에게 우호적인 포지션으로 만들려면 진출이 필수이기는 한데……."

다시 처음부터 하나씩 만들어야 한다는 부담감이 있었다.

"하지만 반대로 동부는 인구도 많고 새로운 기회도 많지."

수도는 워싱턴이었지만 뉴욕을 중심으로 경제가 움직였기 때문에 이름 좀 있는 사람들은 죄다 동부에 있었다.

"한편으로는 위험하기도 하고……."

유색인종은 대부분 대학교에, 그 외에 유색인종은 흑인뿐이었다. 게다가 KKK단을 비롯하여 알 수 없는 수많은 위험이 도사리고 있었다.

"착실하게 준비해서 도전한다!"

믿는 구석이 있었기에 과감하게 도전하기로 마음먹었다.

◆

소모전으로 전쟁이 장기화되었고 서로 점령한 고지를 빼

앗기지 않기 위해 참호를 깊게 파기 시작했는데, 양군의 병사들은 참호 진흙 구덩이 속에서 오랫동안 생활하게 되면서 비위생적이고 고통스러운 나날을 보내게 되었다.

여기에 매일 날아오는 유탄과 독가스 공격은 끊임없이 공포를 주었다.

이런 참호 속 전투를 치르는 중에 신기한 물건들이 개발되기 시작했는데, 5월 23일 미국 특허 번호 제1184078번 참호전을 위한 연사 권총이 등록되었다.

참호전을 위한 연사 권총은 위험하게 참호 밖으로 고개를 내밀지 않고 접근하는 적을 사살하기 위한 장치였는데, 이를 위해 참호 밖을 감시할 수 있는 잠망경이 부착되어 있고 장치된 핀을 당기면 격발이 되었다. 또한 불안정한 흔들림을 방지할 수 있게 거치대가 있었으며 고정시킬 수 있는 장치도 있어 정확한 사격이 가능했다.

"대단하다."

'코너샷'이라고 불리는 총기를 기억하고 있는 대찬은 그 원형이 되는 특허를 보고 놀라움을 감출 수가 없었다.

"뭘 보고 그리 놀라십니까?"

평소에 과묵하게 일만 수행하는 덕원이지만 자신이 가져온 보고서에 놀랄 것이 없다고 생각했기에 자신도 모르게 질문이 나왔다.

"아, 덕원 씨, 이거 보세요."

대찬이 서류를 건네주자 덕원은 보고도 이해가 안 되는 듯 고개를 갸웃거렸다.

"전쟁에 도움이 안 될 것 같습니다."

"그렇게 생각할 수도 있는데, 잘 살펴보면 아주 획기적인 발명이에요."

"이게 말입니까?"

"네, 예를 들어 건물 벽에 숨어서 나를 노출시키지 않고 상대방을 공격할 수도 있는 것이지요. 그러니까 이렇게요."

생각하는 바를 즉시 그려 냈다.

소총이 휘어졌고 잠망경으로 확인하고 사격이 가능하다는 것을 보여 주었다.

"아! 그렇다면!"

"맞아요. 적은 내가 어디 있는지 알 수가 없어요."

이번에 특허 등록된 것이 수직으로 이루어진다면 대찬은 횡으로 사격할 수 있다는 것을 보여 주었다.

"아주 획기적인 것 같습니다."

"맞아요. 그러니 놀랄 수밖에요."

이야기만 하고 접으려고 했던 대찬은 다른 생각이 들었다.

'그쪽은 수직이고 나는 횡이니까 나도 특허가 가능할까?'

특허가 등록된다면 나쁠 것이 없다는 생각을 했다. 일종에 원천 기술이기 때문에 끊임없이 사용료가 발생할 것이었다.

"덕원 씨, 이거 특허신청 한번 해 보세요."

아메리칸
드림

"알겠습니다."

덕원은 듬직하게 대답했다.

'이거 한번 잘 개발해 봐야겠다.'

국내에서 활동하는 경우에는 노출되지 않고 숨어서 일을 진행해야 하는 일이 많으니 광복군 활동에 상당한 도움이 될 것이라 기대가 되었다.

3월 24일. 영불해협에서 독일 잠수함 공격에 의해 프랑스 사섹스호가 격침되었다. 선박에는 미국인이 타고 있었는데, 크게 부상을 당해 독일과 미국의 관계가 악화되었다.

미국이 참전하길 원하지 않았던 독일은 5월 4일 재발 방지를 약속하며 관계 회복을 위해 노력했다.

이 같은 일이 일어나는 것은 바다 역시 해상권 다툼으로 치열하게 대립하고 있었기 때문이었다.

독일은 영국이 가진 해상 지배권에 도전장을 내민 신흥 세력이었다. 급속하게 키운 해군력을 바탕으로 자신감을 가지고 영국의 대함대를 이길 수 있는 전략 전술을 세웠다.

전쟁 초기 영국이 프랑스, 러시아와 동맹을 맺는다는 가능성을 배제하고 영국이 지중해 등지에 전력을 분산할 것이라고 가정했지만, 실제로 영국이 해군 전력을 스코틀랜드 북방의 스캐파플로에 집중, 북해를 봉쇄했기 때문에 영국 해군을 상대하기는 역부족이었다.

따라서 독일 해군은 영국 대함대를 일부 끌어내 축차적으로 전력을 소모시키는 전략을 내세웠다. 이러한 전략의 일환으로 1916년 5월 히퍼 제독이 이끄는 순양 전함 전대가 미끼용으로 먼저, 그리고 쉐어 제독이 이끄는 본함대가 뒤를 이어 출격했다.

그러나 영국 해군은 개전 초 침몰한 독일 해군 함정에서 암호표를 입수해 독일 해군의 무선통신을 거의 모두 감청해 낼 수 있었다. 그 때문에 영국의 존 젤리코 제독은 이참에 독일의 대양 함대를 잡기 위해 아무것도 모르는 척 데이비드 비티 제독의 순양 전함 전대를 먼저 내보내고 대함대를 이끌고 그 뒤를 따랐다.

양군이 만난 곳은 유틀란트반도 부근 해상이었다.

영국 해군이 전력으로는 압도적인 우위였으나 순양 전함 사이 초전에서 기함이 침몰하였고 20분 간격으로 연이어 다른 순양 전함들이 격침당했다.

영국 해군 비티 제독은 '우리 배들에 뭔가 문제가 있다.'면서 낙담하였다.

초전 우세에도 영국의 주력함대가 접근하는 것을 알게 된 독일 해군이 신속하게 후퇴를 결정함으로써 양군 함대끼리 원거리 포탄을 몇 발씩 주고받는 것으로 전투는 끝이나 버렸다. 오히려 후퇴하는 과정에서 순양함 이하 급 보조 함선 간의 야간전이 치열하게 전개되었다.

게다가 독일의 함대 주력이 본국으로 귀환하기 위해 영국의 순양함과 구축함이 형성한 경계선을 힘으로 돌파하면서 난전이 심했다. 보조함끼리의 전투는 영국이 우세했지만, 독일 함대 주력과 영국 보조함의 전투는 밀리는 형국이었다.

전체적으로 영국은 순양 전함 세 척, 장갑 순양함 세 척, 구축함 여덟 척 등 총 11만 3천3백 톤 규모의 손실을 입은 반면, 독일은 드레드노트 급 전함 한 척, 순양 전함 한 척, 경순양함 네 척, 어뢰정 다섯 척 등 총 6만 2천3백 톤의 손실을 입었다.

유틀란트 해전 후 양군 모두 승리를 선언했다.

영국 해군은 더 많은 사상자를 내어 언론의 비난을 받았지만 여전히 제해권을 가질 수 있었고, 독일 해군은 이후 잠수함을 이용한 무제한 공격에 더욱 관심을 기울이기 시작했다.

"요즘에는 매일 전쟁 소식이네."

날이 갈수록 심화되고 있는 전쟁은 큰 사건들로 인해서 신문 가장 앞면에 대서특필되고 있었다. 오히려 미국 대통령 선거가 조용히 진행된다는 느낌이 들 정도였다.

미국 대통령으로 유력한 사람을 뽑자면 민주당에 우드로 윌슨, 공화당에 찰스 에반스 휴, 마지막으로 혁신당에 시어도어 루스벨트였다. 그 외에 사회당 앨런 벤슨, 금지당 프랭크 헨리, 사회노동당 아서 라이머가 있었으나 이 세 명은 가능성이 극히 희박했다.

혁신당은 시어도어 루스벨트를 다시 대통령 후보로 선출하였으나 루스벨트는 이를 거부하고 공화당의 찰스 에반스 휴를 지원할 것을 선언했고, 혁신당은 급속도로 와해되어 공화당으로 합류하였다.

대통령이 될 것으로 유력시되는 사람은 두 명으로 압축되었다. 우드로 윌슨은 멕시코 내전과 유럽의 전쟁으로 세계가 전쟁에 휩싸이자 불간섭 원칙을 내세우며 전쟁에 참전하지 않을 것을 시사했고, 강력한 경쟁자인 찰스 에반스 휴는 이를 비판하며 전쟁에 대비해야 한다고 맞섰다.

선거의 결과, 49대 46으로 근소한 차이를 보이며 참전하지 않겠다는 우드로 윌슨 대통령이 재선에 성공했다.

"아슬아슬했어."

대찬은 기존 대통령인 우드로 윌슨이 재선에 성공할 것이라 낙관했지만 막상 뚜껑을 열어 보니 치열한 경쟁이었고 간신히 재선에 성공한 것으로 보였다.

"자칫 잘못됐으면 모든 게 물거품이 될 뻔했네."

그는 현 정부와 맺어 놓은 협정이 많았기에 떨리는 심정으로 결과를 지켜볼 수밖에 없었다.

따르릉.

"여보세요?"

-토마스입니다.

"네, 존입니다."

-정부에서 기존에 이야기를 나누었던 일을 곧 진행하겠다고
합니다.

"알겠습니다."

-아마 정부에서 보낸 인원들이 수일 내로 도착할 것입니다.

전화를 끊고 대찬은 한 가지 의문점이 생겼다.

"왜? 정부 요원이 직접 연락하지 않고 토마스 씨를 통해서
일정을 통보하는 걸까?

미국 정부에서는 직접적인 연락을 전혀 취하지 않고 우회
적인 경로를 통해서 이야기를 전달했다.

"마치 일정한 거리를 두려는 것처럼 말이지."

항상 일정하게 똑같은 방법으로 토마스를 통하거나 존을
통해서 연락을 했다. 처음에는 그러려니 했었지만 깊은 관계
를 맺고 있는 지금은 이야기가 새어 나갈 수도 있는 이러한
경로를 통하는 것이 이해되지 않았다.

'이번 만남에서 이런 것들을 확실하게 정해야겠어.'

타초경사의 우를 범하고 싶지 않았다.

4차 러일 협정.

회담장의 분위기는 좋지 않았다.

"아국은 사할린으로 인해서 국가안보에 심히 지장이 생겼습니다."

사할린 북쪽에 자리 잡은 광복군으로 인해서 일본은 신경이 잔뜩 예민해져 있었다. 적은 숫자라면 무시할 것이지만 숫자도 많거니와 캐나다령이기에 함부로 침범할 수도 없었다.

과거 교통이 원활하지 못할 때 만만하게 생각하고 군대를 파견했다가 호되게 당한 후에 이를 잔뜩 갈고 있었다.

"내부에서 결정되었고 이미 지나간 일이니 더 이상은 아국과 관계가 없습니다."

"그렇다면 우리가 이 협정을 계속할 이유가 없지 않습니까? 명백한 협정 위반입니다."

러일전쟁 이후 두 국가는 1907년부터 여러 차례 비밀 협약을 맺었는데, 동아시아에서 두 나라의 권익에 대한 상호 승인, 영토 보전 따위를 결정하였다.

그런데 러시아는 사할린을 캐나다에 넘겨줄 때 일본에 아무런 말도 하지 않았었다.

유럽에서 전쟁이 일어나지 않았다면 과거 전쟁에서 패한 것을 설욕하기 위해서 일본과 전쟁을 했을 것이다. 하지만 유럽에서 전쟁이 일어났고 부랴부랴 일본과 협정을 맺음으로써 후방에 안전을 꾀했다.

"협정 위반이라니요? 서로의 권익을 챙길 때 상호 승인, 각자의 영토를 지키는 것에 대해서만 협정하기로 했습니다. 어떠한 용도로 쓰는 것에 대해서 참견하는 건 내정간섭입니다."

"허, 영토 보전이라는 말이 협정문에 삽입되어 있는데, 보전이라는 말은 온전하게 보호하고 유지한다는 뜻입니다. 아국의 의사를 묻지도 않고 캐나다에 할양해 준 것은 협정 위반입니다."

"아국에서는 차지한 영토에 대해서 서로의 권리를 보전해 주는 것으로만 받아들이고 있습니다. 귀국은 너무 확대해석을 하고 있습니다."

"이게 어떻게 확대해석이라는 겁니까?"

한참을 똑같은 이야기로 설전이 오갔다.

내용은 계속해서 한 가지였는데, 결국 일본이 원하는 것은······.

"더 이상 영토 할양을 하지 않는다는 조항을 삽입합시다."

이것이었다.

이에 반면에 러시아는······.

"내정간섭을 할 수 있는 조항을 삽입할 순 없습니다."

이 같이 주장하며 팽팽히 맞섰다.

이는 미국 정부와 러시아 간에 물밑 협상이 진행 중이었기 때문이었다. 대한민국 임시정부와 비공식 동맹을 맺은 미국 정부는 약속대로 연해주를 얻기 위해서 러시아 정부와 서로 의견을 조율하고 있었다. 이것을 일본이 냄새를 맡고 어떻게든 저지하기 위해 노력하고 있었다.

"귀국이 영토 할양을 하지 않는다면 저리의 차관을 제공할 용의가 있습니다."

일본 대표는 대가 없이는 러시아를 설득할 수 없음을 인정하고 협상하기로 마음먹었다.

"차관요? 얼마나 말입니까?"

"1억 달러입니다."

잠시 정적이 생기고 러시아 대표는 고민하기 시작했다.

"당장 답을 할 순 없을 것 같습니다."

"그렇다면?"

"3일 후 다시 만나도록 하지요."

"좋습니다."

일본의 대표 얼굴에는 미소가 번졌다. 자신의 승부수가 통했다는 생각이 들었기 때문이었다.

♣

대찬은 정부 요원과 사무실에서 한창 이야기 중이었다.

따르릉.

전화가 울리자 사무실의 모든 사람들의 눈이 전화기에 쏠렸다.

딸칵.

"여보세요?"

－토마스입니다. 급해서 그러는데 정부 인사를 바꿔 주시겠습니까?

다급한 목소리였다.

"전화 받아 보세요."

짧게 '네.'라는 소리만 계속되고 점점 표정이 굳어 가는 것을 느낄 수 있었다.

곧 전화가 끊기고 모두의 머릿속은 궁금함으로 가득 찼다.

"무슨 일인가요?"

"그게…… 조용히 대화를 나눌 수 있겠습니까?"

심각함을 느낀 대찬이 눈짓을 주자 순식간에 사무실이 조용해졌다.

"러시아와 일본은 과거부터 비밀 협정을 맺고 있습니다. 이건 알고 계십니까?"

"아, 자세히는 모르지만 얼핏 들은 것 같습니다."

사실 모르는 이야기였지만 굳이 내색할 필요가 없기에 적당히 얼버무렸다.

"그럼 이야기가 빠르겠습니다. 이번에 두 국가가 비밀 회동을 한 모양인데, 일본이 더 이상 할양을 하지 않는다면 저리에 차관 1억 달러를 제공한다는 빅딜을 했다고 합니다."

"헉! 그럼!"

"순조롭게 진행되었던 협상에 차질이 생겼습니다."

전쟁이 시작되고 세계 금융의 중심지였던 런던은 그 명성을 잃어 가고 있었고, 지금은 순채권국인 미국의 뉴욕이 세계 금융의 중심이 되었다. 그만큼 전쟁에 소요되는 재물이 많았는데 발행되는 채권의 이자율은 저렴한 편이 아니었다.

"정부에서는 차관 문제로 더 이상 협상을 진행할 수 없다는 결론입니다."

"일본은 어떻게 1억이라는 큰 금액을 차관해 줄 수 있는 거지요?"

"일본 역시 호황인 것으로 알고 있습니다."

대찬은 골치가 아프기 시작했다. 그러다 문득 이상한 생각이 들었다.

'협상이 깨지면 결과만 나에게 말해 주면 되는데 왜 이런 이야기까지 나에게 하는 거지?'

정신을 차리고 정부 인사를 빤히 쳐다보니 머쓱한지 어깨를 들썩였다.

"혹시…… 그 해답이 나인가요?"

"맞습니다."

'이 상황에서 해답이 나라면…… 내가 가진 재산!'

가만히 자신이 가지고 있는 재산을 계산해 보기 시작했다.

"잠깐, 덕원 씨!"

큰 소리로 덕원을 찾자 그가 급하게 사무실로 들어왔다.

"부르셨습니까?"

"빨리 유보 자금 내역 부탁해요!"

그가 순식간에 튀어 나갔다가 장부를 하나 가져왔다.

장부를 펴 마지막에 적혀 있는 금액을 확인하기 시작했다.

'어? 어! 1억!'

황당한 얼굴을 할 수밖에 없었다.

"어떻게 알았나요?"

"저는 모르고 있었습니다."

딴청 부리는 것이 알고 있었다는 느낌이 강하게 들었다.

하나 그것은 중요한 것이 아니었다.

'채권을 사는 것은 문제가 안 되는데, 러시아는 회수가 안 돼. 이걸 어쩐다?'

러시아는 곧 '적백 내전'에 휩싸일 것이다.

'돈이냐 땅이냐, 그것이 문제로다.'

대찬은 뜻밖의 문제에 깊은 고민이 생겼다.

머리가 지끈거리기 시작했다.

'돈? 땅? 이게 중요한 게 아니야.'

태연한 얼굴로 대찬에게 선택을 강요하는 정부 인사가 마음에 들지 않았다.

'자금 내역을 자세히 아는 것은 서너 명 정도인데…….'

어떻게 공개하지 않은 비밀스러운 부분을 자세히 파악하고 있는지 알 수가 없었다. 이것을 다르게 생각한다면 대찬이 무엇을 하든지 다 알고 있다는 뜻이었다.

'그 대상이 일본이라면…….'

아주 끔찍한 상황이었다.

"생각할 시간이 필요합니다."

"그럼 내일 다시 뵙도록 하죠."

홀로 사무실에 남아 곰곰이 모든 상황을 복기하기 시작했다.

'미국은 새판을 짜기 위해서 한인들과 비공식 동맹을 맺었다. 그리고 약속한 것은 독립과 영토. 하지만 현재 일본과는 우방국으로 잘 지내고 있으며 러시아가 태평양 진출을 하지 못하게 완충 역할을 하길 바라고 있는 상황. 러시아는 유럽 전쟁에 참여했고 아시아에는 신경 쓰지 못한다. 더군다나 적백 내전이 곧 일어날 예정. 그런데…….'

여기서 이상한 점을 느낄 수 있었다.

'일본은 어떻게 알고 영토를 더 이상 할양하지 않으면 1억 달러라는 차관을 제공하겠다고 할 수 있었을까?'

협상은 어떠한 낌새도 내비치지 않고 조용히 진행되고 있었는데 정확하게 할양이라는 단어를 사용해서 1억 달러의 차관을 제공한다는 일본의 행동은 이해가 되지 않는 구석이 많았다.

'정보를 유출하는 누군가가 있다! 그게 우리 쪽이든 정부 쪽이든!'

이렇게 결론이 나자 미국 정부 인사의 행동이 생각났다.

'답은 나에게 있다고 했다.'

아메리칸
드림

그 말인즉슨 대찬이 보유하고는 있는 재무를 정확하게 파악하고 있다는 뜻이었다.

'가까이 있는 사람들은 의심하고 싶지 않은데…….'

"어휴."

한숨이 절로 나왔다.

'철영이 형? 에릭? 아니면 덕원 씨?'

대찬은 아무리 생각해 봐도 이 세 명은 아니라고 귀결 지었다.

'어려워…….'

누군가 정보를 유출하고는 있으나 측근들 중 누군가 그러리라곤 도저히 상상할 수 없었기에 고민은 깊어만 갔다.

'일단 의심은 접고 대응 방안부터 생각하자.'

급한 것은 지금 상황을 타개하는 방법이었다.

'일본이 세세하게 정보를 알고 있다는 전제하에 일을 진행시켜야 한다. 이번에는 연해주를 포기하든지 아니면 일본을 물 먹일 수 있어야 한다. 가지고 있는 현금 자산을 다 투자하면 취약점이 발생해 내가 망할 수도 있다.'

한인들의 위치는 많이 상승되었고 꾸준히 높아지고 있었지만 이 모든 게 다 돈으로 이루어 낸 결과였다. 사회적으로 다른 어떠한 힘이 없었기에 유일하게 힘을 실어 주는 것이 돈이었는데, 이것을 포기할 수는 없었다.

'연해주를 포기할까?'

가장 쉽고 고민하지 않아도 되는 방법이었다. 간단하게 연해주를 포기한다면 일본이 1억 달러라는 차관을 날리는 것을 구경할 수 있었다.

　'이건 최후의 방법이지.'

　포기하는 것은 언제든지 할 수 있는 일이었다.

　굳이 고민하면서 다른 방법을 찾는 이유는 쉽게 오지 않는 기회임을 알기 때문이었다. 격동의 시대, 세계의 영토는 하루하루가 달랐다.

　'남의 이름을 빌리더라도 지금 당장 싸게 마련해 놓는다면 엄청난 이익으로 돌아올 테지.'

　아직까지 정당한 가치를 평가받지 못하는 곳들이었기에 가격 면에서는 무척 저렴했다. 이것이 나중에는 어마어마한 값어치가 될 것을 확신했다.

　'지금은 협상해 보고 안 된다면 과감하게 접는 방안도 생각해야 한다.'

　질질 끌려다닐 필요는 없었다.

　'지금이 아니어도 기회는 온다.'

　수년 내로 생길 소련이라는 국가가 부담스럽기는 했지만 예상으로는 연해주를 할양받을 수 있는 기회가 한 번은 더 생길 것이었다.

　'결국 지금 즉시 구매할 것인가, 아니면 나중에 구매할 것인가가 되었네.'

고민 끝에 답을 내렸다.

다음 날, 태연한 얼굴로 나타나는 정부 인사들을 보고 마음이 편치는 않았다. 정체를 알 수 없는 가상의 정보 제공자가 신경 쓰였기 때문이었다.

'뭐 이번에는 나 말고는 아무도 모르니 다행인가?'

가장 가까운 측근에게도 어떠한 말도 언질하지 않았으니 다행이라는 생각이 들었다.

"좋은 아침입니다."

"그렇군요. 날씨가 참 좋아요."

속으로는 울컥했지만 창밖의 날씨는 초여름에 접어들어 햇살이 좋았다.

"생각해 보셨습니까?"

"고민해 봤습니다."

"그럼?"

대찬은 티가 나지 않게 숨을 깊게 들이마셨다.

"1억 달러는 솔직히 무리라는 생각이 듭니다."

"아…… 그렇군요."

"그래서 새로운 제안을 하려 합니다."

"경청하겠습니다."

"일본이 제안한 것은 러시아가 할양하지 않는 조건에 1억 달러의 차관이 맞지요?"

"그렇게 알고 있습니다."

"저는 러시아가 그 제안을 수용하기 전에 할양을 조건으로 4천만 달러를 제안합니다."

대찬의 말은 러시아와 일본이 협정을 맺고 효력이 발생하기 전에 할양을 성사시키자는 것이었다. 기존에 3천만 달러로 측정되었던 연해주의 할양 가격보다 1천만 달러를 추가시킨 것이 대찬의 제안이었다.

'가능성이 있을까?'

가능성에는 별다른 관심이 없었고 이번 제안이 안 될 것이라 예상하고 있었다. 하지만 만약에라도 이 제안이 받아들여진다면 일본을 제외하고 이 일에 관련된 러시아, 미국, 광복군은 모두 이득을 취할 수 있었다.

"흠……."

대찬은 홀가분한 마음이 되었다.

'놔 버리니 참 편하네.'

고민하고 있는 미국 인사를 보고 살짝 웃음도 났다. 아마 이것저것 재느라고 정신이 없을 것이었다.

"일단 보고 후에 다시 만나는 것이 좋겠습니다."

"그러지요."

모두 떠나고 홀로 남자 찻잔을 들고 창가에 섰다.

"날씨 참 좋다!"

머리를 무겁게 하던 것들이 사라지자 가벼운 마음으로 티

타임을 즐겼다. 그러다 신문을 펴 무슨 일이 있는지 확인하기 시작했다.

영국, 프랑스, 이탈리아는 대규모 공세를 시도할 계획을 세우고 있었다. 하지만 베르됭 전투로 프랑스군이 대거 이탈하자 무산되었다.

반면 영국은 대규모 모병 활동으로 병력이 증가되어 프랑스군에 육박하는 전력을 가지게 되었다.

전선의 상황이 급격하게 변하자 영국군을 주도로 공세 계획이 잡혔고 프랑스 총사령관인 조르프는 영국군 총사령관인 헤이그에게 모든 권한을 위임했다.

계획된 작전의 시작 일자는 8월 1일이었으나 베르됭 전투의 전황이 급박하게 전개되면서 프랑스 측이 공세 시기를 앞당기기를 강력하게 요구했는데, 프랑스는 어떻게 해서든 베르됭에 가해지는 독일군의 압력을 줄이고자 하였다.

협상국 역시 초기 전투 목표는 베르됭 전투의 독일군과 비슷한 것이었다. 즉, 독일군의 예비 병력을 최대한 고갈시켜 버리겠다는 목표를 가졌는데, 이는 소모전을 계획한 것이었다.

그러나 독일군의 주력이 베르됭으로 향해 있다는 것을 알게 되자, 공격의 주도권을 쥔 영국군 총사령관 더글라스 헤이그는 '이참에 여길 뚫어서 독일군 서부 전선을 확 붕괴시켜 버리자.'라는 야심 찬 목표를 품게 되었다. 이에 헤이그는 꼼꼼하게 작전준비를 하고 선봉 부대 지휘관인 롤리손 장군과 함께 세부 작전을 수립한다.

6월 26일, 독일군 진지에 대한 영국군의 5일 동안의 대규모 포격으로 작전이 시작되었다. 독일이 베르됭 공격에서 세운 작전처럼 협상국 역시 포격으로 독일군 병력을 괴멸시킨 뒤 보병을 무인 지대를 거쳐 적의 참호로 돌격시키기로 했다. 특히 주안점을 둔 것은 전선 전반에 걸쳐 포진되어 있는 기관총과 철조망의 제거였다.

그렇게 시작된 포격에 영국군의 1천5백 문의 대포가 동원되었고 거의 비슷한 숫자의 프랑스군 대포도 합세하였다. 결국 5일에 걸쳐 150만 발 이상의 포탄과 독가스탄이 발사되었고, 포격이 멈춘 7월 1일 아라스와 알메르트 사이의 솜 강 북쪽 30킬로에 걸친 전선에서 보병들이 돌격하면서 솜 전투가 시작되었다.

"전쟁이 본격적으로 심화되는구나."

세계대전 중 가장 많은 사상자를 낸 전투가 시작되자 대찬은 이 전투에서 발생할 사망자들에 대해서 짧게나마 명복을 빌었다.

유출

"존은 연해주에 대해서 반쯤은 포기한 것처럼 보입니다."

"자세히 설명해 보게."

대찬과 회의했던 사내는 부통령인 토마스 R. 마셜에게 자세한 설명을 했다.

"그토록 원했는데 쉽게 포기한단 말인가?"

"쉽게 포기한 것 같지는 않았습니다. 다만……."

"다만?"

"러시아에 차관해 준다는 것이 상당히 불안한 모습이었습니다."

"불안하다?"

"그렇습니다."

"이유는?"

"파악하지 못했습니다."

마셜은 습관인 듯 손가락으로 책상을 톡톡 치며 이유를 생각했다.

"그렇다면 정보부에서 넘겨준 정보의 정확성은 얼마나 되나?"

"거의 다 들어맞는 듯했습니다."

"그렇다면 1억 달러 이상의 자금과 땅에 대한 욕심은 사실인가?"

"자금은 확인이 되었으나 땅에 대한 욕심은 보류입니다."

"연해주 때문이겠지?"

"그렇습니다. 정보부에 따르면 연해주를 내건다면 상당한 확률로 수용할 것이라는 예측이었으나 결과는 달랐습니다."

"그밖에 특이 사항 있나?"

사내는 마셜에게 서류를 꺼내 보여 주었다.

"이것을 보십시오."

"뭔가?"

"특이할 만한 것이 있습니다. 전쟁 중인 국가들 중에 동맹군으로 분류되는 국가와 러시아를 제외하고는 상당한 양의 채권을 구입했습니다."

서류를 보던 마셜 역시 이상함을 느낀 듯 고개를 갸웃거렸다.

아메리칸
드림

"확실히 이상하군."

펜을 들어 체크한 후에 말을 이었다.

"더 이상 보고할 것은?"

"존의 제안을 제외하고 더는 없습니다."

"알겠네."

사내가 나가자 마셜은 준비를 하기 시작했다. 한인과 관련되어 진행되고 있는 모든 일들은 대통령인 우드로 윌슨이 상당한 관심을 가지고 있었기에 소홀함이 있어서는 안 됐다.

준비를 마친 마셜은 복장을 확인하고 대통령 집무실로 이동했다.

'도대체 누굴까?'

내부 정보를 유출하는 사람이 누구일지 짐작도 되지 않았다.

한 명씩 만나 대화를 해 보았지만 여전히 믿음직스러운 사람이었다.

"답답하네."

한번 믿음을 주면 끝까지 믿어야 된다는 것이 대찬의 평소 생각이었다.

"무슨 생각을 그렇게 해요?"

엠마는 최근 어디서든지 깊게 생각에 잠겨 있는 대찬을 보며 이상하다는 생각을 했었다.

"아무것도 아니에요."

"아무것도 아닌 것 같지 않은데요?"

"정말 아무것도 아니에요."

"흐음……."

살짝 고리눈을 뜨고 사실을 말하라는 눈빛을 보냈다.

"이번에는 그냥 넘어가 줘요. 나중에 기회가 되면 말해 줄게요."

엠마는 어쩔 수 없다는 듯 고개를 흔들었다.

"좋아요. 대신에 꼭 말해 줘야 해요."

"알겠어요."

대찬은 지금 이 순간 묘한 느낌이 생겼다.

'아!'

단단히 엉킨 실타래가 풀리고 있었다.

솜 전투는 첫날 5만 8천 명에 달하는 사상자를 내었고 계속해서 사상자가 늘어나고 있는 중이었다. 그들은 대부분 영국의 대규모 모병에 신청하여 자원입대를 한 사람이 있었다.

그런 사내들 중에 한 사람, 존 로널드 루엘 톨킨. 그는 막

결혼한 대학교 졸업자였다. '당신의 왕과 나라는 당신을 필요로 한다.'는 모병 포스터를 보고 입대를 결정한 후 솜 전투 최전선에 배치받았다. 그는 친한 친구들과 같이 입대했는데, 참전한 지 얼마 되지 않아 친구들이 죽는 슬픔을 겪게 되었다. 처음에는 한 명, 얼마 지나지 않아 또 다른 친구 혹은 동료들이 죽는 것을 보고 톨킨은 점점 전장의 열병을 앓기 시작했다.

한편 영국군 병사 헨리 탠디는 전장에서 독일군과 마주쳤다. 둘의 눈이 마주쳤을 때 그는 독일군이 부상당했음을 알고 총을 내려놓고 보내 주었다. 독일군은 고개 숙여 감사 인사를 하고 사라졌다.

생사가 순간적으로 엇갈리는 전선에서 스물일곱 살의 영국군 탠디는 스물아홉 살의 적군 아돌프 히틀러 하사를 살려 주었다. 이는 부상자이거나 무기를 소지하지 않은 사람은 절대 쏘지 않는다는 탠디의 신념이 때문이었다.

모병 공고를 본다면 최소 연령으로 19세 이상부터 군에 지원할 수 있다는 사실을 알 수 있다. 하지만 시드니 루이스는 12세 4개월의 나이에 군에 입대할 수 있었는데, 거짓말로 나이를 속이고 입대한 것이다.

아들이 행방불명되어 걱정을 하던 그의 부모는 제대한 동네 청년으로부터 아들이 군에 입대했다는 사실을 알게 되었고 즉시 군 당국에 편지를 써서 보냈다.

그 순간 시드니 루이스는 지옥 같은 솜 전투에 참전하고 있었다.

버나드 몽고메리는 인도에 파견되어 엘리트 코스를 밟고 있는 전도유망한 육군 장교였다.

영국으로 귀환하자 전쟁이 발발했고 곧바로 프랑스 전선으로 파견되었다. 기존 전쟁과 비슷하게 생각하고 금방 끝날 줄 알았지만, 상황은 그의 예상과는 전혀 다르게 돌아가기 시작했다.

몽스 전투에서 대대의 절반이 소멸했고, 국경선 전투에서 오른쪽 폐에 총알이 박혔으며 무릎에도 적탄이 관통하여 사경을 헤매는 경험을 하는 등 수차례 지옥을 경험했다.

그러다 그는 솜 전투에 참가했고 또다시 지옥을 경험하기 시작했다.

🎩

마리아는 오늘도 독서회에 참가했다. 독서회는 표면적인 것이었고 사실은 상류층 여성들의 사교 모임이나 다름없었다.

"오늘은 표정이 어둡네요. 무슨 일 있었어요?"

"사실은……."

여러 사람이 있었지만 그중에서도 가장 친분이 깊은 사람과는 속내를 털어놓으며 허심탄회하게 이야기를 나누기도 했다.

그중에서도 마리아는 줄리아와 친했는데, 소소한 이야기를 시작으로 숨김없이 알고 지내는 사이였다.

"이런, 에릭 씨의 회사에 그런 일이 있었군요. 많이 속상하겠네요."

"어휴, 왜 그런 회사에 들어가서 그러고 있는지……."

"그런데 에릭 씨 상사분의 부인이 록펠러 가문의 여인이라고 하지 않았어요?"

"맞아요. 엠마라고 했던 것 같아요."

"그럼 좋은 거 아니에요? 록펠러 가문과도 선을 댈 수 있잖아요."

"물론 그렇기는 하지만……."

"하지만?"

"남편은 지금 생활을 마음에 들어 하는 것 같아요."

"그렇군요. 그런데 부럽네요. 우리 남편도 그 회사에 들어가면 좋을 텐데……."

마리아는 살짝 민망한 표정이 되었다.

"미안해요. 몇 번 이야기해 봤는데 칼같이 안 된다고 하는 바람에……."

"이유를 물어봐도 될까요?"

"회사 정책이라고 하던데요. 자세히는 모르겠지만 모든 것은 존의 허락이 있어야만 한다고 들었어요."

"기회가 된다면 부탁해요."

"물론이죠. 누구 부탁인데요."

"무슨 이야기를 그렇게 재미있게 해요?"

두 사람이 이야기를 한창 할 때 한 여성이 대화에 참여했다.

"아, 그냥 이런저런 이야기를 하고 있었어요."

"그래요? 그런데 마리아, 요즘 이상한 소문이 돌고 있던데 물어봐도 될까요?"

"소문요? 뭔가요?"

"에릭 씨 회사의 자금이 말라 가고 있다며 부도가 날지도 모른다고 소문이 돌고 있더라고요."

마리아는 황당하다는 표정을 지었다.

"제가 아는 것이랑 다르네요?"

"그래요? 어떻게요?"

"돈 쓸데가 없어서 유보 자금이 상당히 쌓여 있다고 하더라고요."

"정말요?"

"네, 1억 달러가 조금 넘는다고 얼핏 들은 것 같아요."

"에이, 무슨 그런 재미없는 이야기를 그렇게 해요."

줄리아는 대화 주제를 돌리기 시작했다. 흥미로운 가십거리를 이야기하고 시간이 흐르다 마리아가 집으로 되돌아가자 줄리아와 다른 여인은 조용히 밀실에서 회동했다.

"1억 달러 이상 보유한 것으로 추정."

"사내 침투는 어려울 것으로 예상."

"에릭과 마리아의 대화 주제가 광범위함, 많은 이야기를 하는 것으로 추측됨."

"마리아는 지기 싫어하는 성격, 계속해서 정보를 수집할 수 있을 것으로 예상됨."

밀실의 조용한 그림자는 두 여인의 불러 주는 것을 받아 적었고 두 여인이 밀실을 나가자 다른 여인들이 들어와 앞선 여인들과 똑같은 일을 반복했다.

대찬은 간부들을 소집했다.

회의실에는 상당히 많은 사람들이 모였는데 사업체의 결정권자들을 모두 다 소집했기 때문이었다. 주요 간부를 제외하고도 사업체 사장들이 모이자 넓은 회의실이 좁아 보일 정도였다.

"제가 여러분을 소집한 이유는 내부 정보가 밖으로 새고 있기 때문입니다."

말의 파장은 회의장 전체를 술렁이게 만들었다.

"아주 깜짝 놀랐습니다. 여기에 있는 몇 명을 제외하고는 알 수 없는 정보들까지 속속들이 알고 있는 것 같았기 때문입니다."

"여기에 스파이가 있습니까?"

누군가 대담하게 나서서 물었다.

"그 질문에 대답하자면 아닙니다! 전 제가 신뢰하는 여러분들을 전적으로 믿고 있습니다."

"그럼 어떻게 내부 정보가 밖으로 나가는 겁니까?"

"질문 잘하셨습니다. 내부 정보가 밖으로 새어 나갔습니다. 여기 있는 누군가가 밖으로 유출한 것일 수도 있지만, 저는 그렇다고 생각하지 않습니다. 하지만 여러분이 믿는 사람이 회사를 위태롭게 할 수도 있습니다."

"우리가 믿는 사람?"

"그렇습니다. 여러분의 가족들에게 회사의 상황에 대해서 일일이 설명한 적이 있습니까?"

"……."

순식간에 회의장은 살얼음판이 되었다.

'젠장!'

대찬은 속에서 불이 나기 시작했다.

"사소하게 한마디 했던 것이 회사 전체를 위태롭게 하고 있습니다."

아메리칸
드림

한 명씩 눈을 맞춰 보니 살짝 눈길을 피하는 사람들이 있었다.

"이제까지 일어난 일들과 했던 이야기에 대해서는 불문에 부치겠습니다. 다만 다시는 이런 일이 일어나서는 안 됩니다."

"……."

"알겠습니까!"

처음으로 공개 석상에서 소리를 쳤다.

그만큼 대찬이 가진 분노는 컸다.

"알겠습니다."

"이만 돌아가셔도 됩니다."

대찬이 자신의 집무실로 돌아가자 사장단도 자신의 사무실로 돌아갔다. 반응은 모두 제각각이었는데 표정은 하나같이 좋지 않았다.

'안 그런 사람이 없었어.'

질문에 꿀 먹은 벙어리처럼 말이 없었던 사람들의 모습이 자꾸 떠올랐다.

똑똑.

"들어와요."

집무실로 들어오는 것은 최측근들이었다.

"죄송합니다."

죄다 고개를 숙이며 사과를 했다. 면면히 얼굴을 들여다보자 표정들이 심각했다.

"앞으로는 이런 일이 없을 것입니다."

대찬은 고개를 끄덕였다.

"나는 여러분들을 믿어요."

대찬의 말에도 불구하고 심각한 분위기는 쉽게 사그라지지 않았다.

"하지만 일본……."

"그만! 늦었다고 생각할 때가 어쩌면 가장 빠를지도 모릅니다. 지금부터는 철저하게 입단속을 합시다."

미국에 정보가 유출되는 것은 큰 문제가 아니었다.

'한인들 속에 있는 친일파가 가장 문제지.'

정체를 알 수 없는 내부의 적이 가장 무서운 존재였다.

'괜히 1억 달러의 차관 이야기를 꺼낸 것은 아닐 테니까 말이야.'

대충 그림이 그려지자 이번에는 연해주를 포기해야겠다는 마음이 커져만 갔다.

◆

"아무래도 1억 달러 차관으로는 협상하기 어려울 것 같습니다."

러시아 대표의 말에 일본 대표는 얼굴이 붉어지기 시작했다.

"1억 달러는 적은 돈이 아닙니다!"

"물론 알고 있습니다. 하지만……."

"뭡니까?"

"광활한 러시아 영토를 묶기에는 1억 달러 차관은 너무 푼 돈이 아니겠습니까?"

"그럼 얼마의 차관을 원합니까?"

"2억 달러 차관에 선물금으로 5천만 달러."

"허!"

일본 대표는 러시아 대표의 얼굴에 주먹을 꽂아 넣고 싶었다.

"그 무슨, 말도 안 됩니다!"

"그렇다면 없던 이야기로 하시지요."

러시아 대표가 일없다는 듯이 일어나려는 행동을 취하자 마음이 급한 것은 일본 대표였다.

"자, 잠깐! 논의해 보겠습니다."

"그러시지요."

러시아 대표는 득의양양한 표정을 지었다.

"칙쇼!"

일본 대표는 불같이 화를 내며 분을 삭이고 있었다.

"어떻게 대응해야 하겠습니까?"

"뭘 어떻게 하나! 들어주든지 아니면 포기하든지 둘 중에 하나 아니겠나?"

"하지만…… 본국에서는……."

일본은 이번 협정을 통해서 거슬리는 조선인의 주머니를 털 작정이었다. 그렇기에 차관을 해 줄 생각도 없었다. 사실 이번 협정에서 가장 큰 사안은 만주에 대한 일본의 권리를 인정받는 것이었다.

"일이 꼬였어!"

일본 정보부는 대찬이 어떠한 대가를 치르더라도 연해주를 할양받기 위해 노력할 것이라 판단했다. 그 때문에 이번 일을 시작한 것이었다.

하지만 지금 상황은 영락없이 러시아에게 끌려다녀야 될 판이었다.

"본국에서 만주에 대한 권리를 무조건 받아 내라고 했나?"

"아닙니다. 여의치 않으면 포기하라는 지령도 같이 내려왔습니다."

"우리가 입을 피해는?"

"솔직히 피해라고 할 것은 없습니다."

"그럼 이번 협정의 모든 걸 없었던 일로 되돌린다."

"하!"

중국과의 조약으로 만주의 권리는 이미 확보된 상황에서 권리를 인정받기 위해 무리할 필요가 없었다. 러시아에 차

관, 더불어 선물금까지 줄 생각이 없었기에 모든 것을 무無
로 되돌리기로 했다.

결국 러일 협상은 아무것도 체결하지 못하고 끝나 버렸다.

♟

"4천만 달러에 연해주를 할양해 주겠다고 러시아에서 연
락이 왔습니다. 어떻습니까?"

마치 자신의 공인 양 뻔뻔한 얼굴로 말하는 정부 인사를
보고 대찬은 속이 뒤틀렸다.

'이제는 쉽게 물어 주면 안 되지!'

너무 만만하게 보였다는 생각에 대찬은 배짱을 튕기기로
했다.

"아! 연해주 말입니까?"

"그렇습니다."

"미안하지만 마음이 바뀌었습니다."

"네?"

"아무리 생각해도 4천만 달러는 너무 비싼 것 같기도 하
고…… 지금 자금 상황이 좋지 않습니다."

"그게 무슨 말씀이신지?"

"2천만 달러 어떻습니까?"

정부 인사는 급격히 안색이 나빠졌다.

'이번에는 무슨 정보도 얻지 못했겠지? 그래야 하는데……'

4천만 달러를 주고 연해주를 할양받아도 되지만 미리 내부정도를 캐내서 이용해 먹으려고 했던 정부가 괘씸하기도 했고 이번에는 자신의 측근들을 시험해 보기 위해 이러는 것이다.

'또 정보가 새어 나갔다면 기필코 누군지 찾아낸다!'

위험한 동행은 계속할 수 없었다.

"존 씨 그렇게 쉽게 말을 바꾸시면 안 됩니다."

"아, 미안합니다. 그럼 2천만 달러만 정부에서 융통해 주시겠습니까? 회사의 자금 상황이 무척 좋지 않습니다."

"허……."

정부 인사는 당혹스러운지 연신 헛기침만 했다.

"오늘은 여기까지만 해야겠습니다. 내일 다시 이야기하시죠."

"좋습니다."

혼자 남자 대찬의 눈이 날카로워졌다.

'내일이면 알 수 있겠지.'

절대로 똑같은 일이 일어나지 않기를 바랐다.

정보부에서는 어느 순간 끊겨 버린 정보 때문에 돌파구를 찾기 위해 분주하게 움직이고 있었다. 여러 사람을 통해서 조각조각 수집한 것을 조합해서 중요한 정보를 얻었는데, 어느 순간부터 여인들의 입에 자물쇠가 채워진 것이다. 이때부터는 어떠한 정보도 얻을 수가 없었다.

"존의 말의 진위 여부를 판단해 주세요."

수시로 정보를 업데이트해 달라고 현장에서 요구해 왔지만 정보부는 계속해서 보류라고 말하며 어떠한 정보도 줄 수 없었다. 급기야 정보부 수장이 부통령 마셜에게 긴급하게 보고했다.

"이런, 눈치챘나 보구먼."

"그렇습니다. 어떻게 행동하면 좋겠습니까?"

"우리에게 선택지가 있나?"

"한인들의 일에서 완전히 손을 털어 버리는 모습을 보이는 것은 어떻겠습니까?"

"흠…… 일단 지켜보게."

"지켜본다고요?"

"방법이 있나? 아마 4천만 달러는 충분히 있을 게야. 그렇지 않나?"

"부서에서는 그렇게 판단하고 있습니다."

"그럼 더 이상 들쑤시지 말게."

"집안 단속을 하고 있을 것이라 예상하십니까?"

"자네도 그렇게 생각하지 않나?"

"맞습니다."

"그럼 러시아와 4천만 달러를 기준으로 가격을 깎는 방향으로 협상을 진행하고, 존은 당분간 지켜보기만 하게. 하루에 백만 달러를 버는 사람이니 한 달을 넘기지 않아 4천만 달러는 맞출 수 있지 않겠나?"

"그렇게 하겠습니다."

질질 끌어 오던 정부와의 협상은 2천만 달러를 빌려주겠다는 정부의 대답으로 급물살을 타기 시작했다.

연해주

　선뜻 2천만 달러를 빌려주겠다고 나서는, 색다른 미국의 반응에 대찬은 흥미를 느꼈다.

　'미국이 적극적으로 태도를 바꿨다?'

　많은 의미가 있음을 시사했다.

　조금은 방관적인 자세였다면 이번에는 적극적으로 일을 진행시켰다.

　'화해하자는 표시인가 보네.'

　변화한 태도에 몇 가지 예측이 가능해졌다.

　'입단속이 제대로 이루어지고 있는 것 같다.'

　이번 사태에 가장 공포에 떨었던 것은 자세한 정보가 어떠한 경로를 통해 지속적으로 유출되고 있다는 사실이었는데,

공개적으로 정보 유출에 대해서 민감하고 단호하게 경고한 결과 더 이상 미국 정부에 자세한 정보 유입이 되지 않는 모양이었다.

'다행이야. 그리고 이번 일을 미국도 굉장히 중요하게 생각하고 있다.'

예상을 넘어선 확신이었다.

선뜻 2천만 달러를 빌려주겠다고 했다. 기존의 취득해 놓은 정보의 조합만으로도 얼마든지 자금 상황을 유추할 수 있다. 하지만 모르는 척하며 이전 일이 적의를 가지고 한 것은 아니었다고 의사표시를 한 것이다.

'물론 그렇다고 해서 더 이상 단속하지 않을 수는 없지!'

정도는 모르겠지만 일본에 정보가 유출되었을 것이라고 확신했다. 일본은 이미 외교 활동과 국제 관계의 처세술에 대해 감을 잡은 상황이었고 이득이 되는 것들은 재빠르게 행동하여 가져가고 있었다.

'당연히 알고 있을 거야. 그런데 얼마나 알고 있을까?'

궁금했다. 미국에 있는 정치인들 중에서도 친한파가 있는 반면 친일파 역시 존재했기 때문이었다. 과거부터 깊게 연결되어 있는 고리는 쉽게 제거할 수 있는 것이 아니었다.

'제길! 진작 눈치챘어야 하는데!'

어떻게든 정보가 새지 않게 단속할 수 있었지만 미국에서 활동할 수 있는 정보원을 만들거나 할 수는 없었다.

이유는 단 하나, 유색인종이기 때문이었다.

피부색이 다른 인종이 미국에서 활개치고 다니기에는 상당한 무리가 있었다.

'결국 백인을 고용해서 써야 한다는 건데…….'

신뢰를 가지고 쓸 수 있는 백인은 거의 전무했다.

'할 수 있는 게 없네.'

대외적인 활동이 불가능한 상황이 되자 대찬은 다른 생각을 하게 되었다.

'내부적으로 감찰할 수 있는 사람이 필요하겠는데……. 직원들의 아내를 무슨 수로 감시한다지?'

이번 정보 유출의 핵심은 수뇌부 아내들의 말이었다.

사람은 사회적인 동물이기에 여러 가지 말과 관계를 형성했고 그중에서도 가장 친밀한 사람들끼리는 비밀을 공유했다.

'보안 유지, 이게 가장 중요한 건데…….'

아무리 단속한다지만 앞으로 이와 똑같은 일이 또 생길 것이라는 생각이 들었다. 최측근들을 신뢰하고 있지만 반복된다면 이를 방지할 수단 없이는 같이 일할 수 없었다.

'어려워……. 일단 보안 교육이라도 철저하게 해야겠다.'

뾰족한 수가 없었기에 꾸준히 보안 교육을 통해서 보안 의식을 갖기를 기대하는 수밖에 없었다.

'보안은 지속적으로 더 보완하기로 하고 태평양을 보

면…….'

대서양과 태평양의 사이에 있는 미국은 필리핀을 식민지로 두고 있었다.

'필리핀의 독립은 아시아 어느 국가보다 빠르다.'

필리핀의 독립운동은 1800년대 중반부터 불이 붙기 시작했는데, 세계 일주를 시작한 마젤란이 처음 발견한 1565년부터 스페인에 식민 지배를 당하기 시작해 1898년에 독립이 선언되었다. 그리고 아시아에서 처음으로 공화국 헌법을 만들기까지 했다.

하지만 미국은 스페인과의 전쟁에서 승리한 후에 필리핀을 넘겨받았다.

1899년 2월 4일 로버트 그레이슨이라는 미국 병사가 산후안 다리는 건너고 있던 필리핀 군인을 총으로 쏴 숨지게 했다. 정당한 이유가 없는 이 발포로 독립 전쟁의 불이 붙었다.

그런데 미국은 이 전쟁을 필리핀의 반란이라고 불렀다.

웃긴 사실은 이 사건으로 인해서 필리핀의 조지 워싱턴이라 찬사를 받던 에밀리오 아귀날도가 미국의 적이 된 점이다. 그는 미국을 도와 스페인에 맞서 싸우던 필리핀의 독립운동가였다.

결국 에밀리오가 생포되고 그가 동지들에게 전투를 중지하라는 명령 내리고 미국에 충성하겠다는 약속을 하면서 전쟁은 미국의 승리로 끝이 났다.

아메리칸
드림

하지면 이면에는 굉장히 부도덕한 전쟁이라는 평이 남았는데, 프레더릭 펀스턴 장군은 필리핀 혁명군을 도와주었다고 의심받던 민간인을 자신이 직접 교수형에 처했다는 사실을 서슴없이 밝혔으며, 제이콥 스미스 장군은 열 살 이상의 사람을 모두 죽이고 불태우며 사마르 섬을 야만적인 상태로 만들라고 명령했다.

전쟁까지 해서 필리핀을 완벽하게 통제할 수 있었는데, 이 혁명을 계기로 활성화하기 시작한 내셔널리즘(국가의 독립, 발전을 꾀하고 민족 통합을 외치는 사상)의 영향을 받지 않을 수 없었다.

미국은 영국이란 압제자로부터 투쟁을 통해서 독립된 자유와 평등의 요람으로 시작한 국가다. 따라서 식민지를 두고 통치한다는 게 좀 우습고 논리적으로 일관적이지 못하다는 걸 스스로 인정하고 두 가지 원칙을 정했다.

첫째, 유색인종은 우리와 다르다. 유색인종에게는 자유와 평등을 알 능력이 없으니 우리가 가르쳐야 하고 이를 위해서는 신탁통치와 같은 과도 기간이 필요하다.

둘째, 우린 영국이나 프랑스같이 영토적 식민지를 원치 않는다. 단지 경제적 이윤을 위한 경제적 식민지만을 원한다.

미국은 행동을 바꿨고 식민 지배가 아닌 신탁통치를 한다는 개념으로 필리핀을 운영하기 시작했다.

'만약 필리핀이 다른 열강의 식민지였다면?'

다른 식민 국가들과 별반 다르지 않았을 것이다.

'이게 태프트 밀약에 의한 결과인데…….'

밀약의 결과로 한국은 일본의, 필리핀은 미국의 지배를 인정받았다.

'미국은 아시아의 영향력을, 아니 태평양의 영향력을 유지하고 싶어 한다가 맞겠지?'

강력한 적이 될 것이라고 예상했던 러시아를 일본을 통해 저지하려 했는데, 오히려 일본이 태평양을 사이에 둔 강력한 경쟁자가 되고 있었다.

'일본을 견제할 수 있는 수단이 필요한 것이겠지.'

대찬은 여기서 한 가지 의문점이 생겼다.

'그렇다면 아시아에 덩치 큰 국가가 생기는 것은 미국의 입장에서 좋지 않다고 느낄 것인데, 왜 그 넓은 영토를 차지하겠다고 했을 때 허락해 준 것일까?'

연해주를 차지한다면 완벽하게 러시아의 태평양 진출을 막을 수 있기에 미국의 입장에서는 환영할 만했다. 하지만 산해관을 중심으로 동쪽을 다 차지하겠다는 요구에 더 이상 협상은 없다고 못 박을 뿐 딱히 난색을 보이지 않았다.

'지금의 협상대로면 태평양에도 한인들의 영토가 생기는 건데…….'

뉴칼레도니아와 채텀제도 역시 할양하여 한인들의 독립국가로 만드는 것에 찬성했다.

'각기 다른 국가가 될 것이니 크게 생각하지 않는 건가?'

하지만 미래에 광복한 후 차지하게 될 영토에서 따로 독립된 국가들까지 수월하게 연결하기 위해서는 태평양에 맞닿아 있는 영토를 얻어야만 했다.

'분명 나중에 문제가 생기겠네.'

영원한 적도 아군도 없는 법이다.

'물론 미국과 전쟁할 생각은 없지만…… 어떻게 보면 협상을 수락해 준 것은 자신감일까?'

독립을 하게 된다면 한국은 땅만 넓은 후진국 중에서도 후진국일 것이었다.

'아우…… 복잡해!'

고민하는 시간 동안 근심만 늘어가는 느낌이었다.

"못 먹어도 고를 해야 하는 판은 있다!"

넓은 영토를 차지할 수 있는 기회가 있는데 지레 겁먹고 포기할 수는 없었다.

"결정하셨습니까?"

단도직입적으로 질문하는 미국 정부 인사의 눈에는 짜증이 어려 있었다.

"아, 결정이…….."

대찬은 이제까지 모든 것을 너무 순순히 응해 준 것이 지금의 상황을 만들었다는 생각이 들어 쉽게 승낙하지 않고 뜸을 들이고 있었다.

"지금이 아니면 정부에서 더 이상 나서지 않을 수도 있습니다.”

“가격이…….”

“존 씨가 제안했던 가격이 아닙니까?”

상황을 비관적으로 봤던 대찬은 4천만 달러를 제시했었고 합당하다고 생각했던 정부에서는 그에 맞춰 준비를 해 왔다. 하지만 도돌이표처럼 대찬은 의도적으로 계속 거부감을 보였다.

“그때는 준비가 되어 있었기 때문에…….”

질린 표정을 하고 있던 정부 인사의 얼굴이 굳었다.

“솔직하게 이야기했으면 합니다.”

“솔직하게…….”

“…….”

순간적으로 침묵이 오고 눈빛만 교환했다.

“정부에서 대출해 준다고 하지 않습니까?”

대찬은 눈만 끔뻑거렸다.

“부탁드립니다. 오늘은 제발 결론 지어 주십시오.”

이제는 빌다시피 했다.

대찬은 마지못한 표정을 짓고 말했다.

“어휴, 좋습니다. 어떻게든 마련해 보도록 하지요.”

“저, 정말입니까?”

정부 인사는 긍정적인 대답을 들을 것이라고 생각하지 않은 듯 세상을 다 얻은 듯한 표정을 지었다.

아메리칸
드림

"그런데 연해주는 어디에 속하나요?"

"아, 캐나다와 협상이 마무리되었습니다."

순간 대찬의 표정이 굳었다.

"어휴."

한숨 소리와 표정을 보고는 정부 인사의 표정 또한 일그러져 갔다.

"역시 돈이 없어서 안 될 것 같네요."

"그러지 마시고 제가 상부에 연락해 보겠습니다."

"딱히 답이 있겠어요? 역시 다음으로 미루는 것이……."

"아니요! 아니요! 제가 어떻게든 해결하겠습니다!"

'확실히 확답을 받으라는 명령을 받고 온 것이 확실해!'

계속해서 앓는 소리를 하고 죽는소리를 했던 것은 미국 정부가 괘씸하기도 했지만 호구처럼 보이는 것이 싫었기 때문이었다.

'시대적으로는 호구가 맞는데! 개인적으로는 호구 아니다!'

정보까지 탈탈 털린 마당에 자금까지 탈탈 털리고 싶지는 않았다.

'만약 이대로 진행이 됐다면 4천은커녕 5천만, 6천만 달러까지 써야 했을 수도 있다.'

특히 연해주를 미국 소유가 아닌 캐나다 소유로 만들 것이 예측됐기 때문에 더 죽는소리를 했다.

'캐나다가 반쪽짜리 사할린으로 날 한번 벗겨 먹었지?'

대충 모든 상황이 파악되자 손해를 상당히 본 것을 알 수 있었다.

'적당히 복비 정도는 줄 생각 있는데, 더 달라고 하면 곤란하지! 상도의가 없어, 상도의가.'

괜히 미국에 심술부린 것 같은 느낌도 있었지만 앞으로 모든 창구는 미국을 통할 것이 분명했기 때문이 길들여 놓으려는 의도도 있었다.

"해결이 될까요? 아무래도……."

"아닙니다! 됩니다! 꼭 해결하겠습니다!"

"아, 그럼……."

"아닙니다. 대금만 준비해 주시면, 나머지는 알아서 해결하겠습니다."

"그래도……."

"걱정하지 마십시오!"

"네."

"네?"

"알겠다고요."

"아, 그럼?"

"준비해 보도록 하죠."

"잘 생각하셨습니다. 그럼 다음에 결과를 가지고 오도록 하겠습니다."

아메리칸
드림

"네."

정부 인사는 대찬이 마음을 바꿀까 두려워 부리나케 사무실을 나갔다.

"하하하."

왠지 모를 쾌감에 웃음이 절로 났다.

"4천만 달러만 준비하면 된다 아거지?"

반쪽짜리 사할린과 비슷한 금액이 들어서인지 이번에는 손해보다 이득이라는 생각이 강하게 들었다.

"이제 연해주가 확보되면……."

'나머지 영토를 얻기 위한 공작을 할 차례네.'

뉴칼레도니아와 채텀제도는 자연스럽게 얻게 될 것이니 걱정하지 않았다.

"근데 처음 얻으려 했던 영토는 채텀제도인데 상황이 묘하게 꼬였네."

한적한 곳에 숨겨 놓고 여러 가지를 개발하려고 했던 것이었는데, 처음 목적과는 다른 상황이 벌어지고 있었다.

"나쁘지는 않는데…… 곧 해결되겠지?"

낙관적인 상황이었기에 별다른 근심이 생기지 않았다.

"연해주라……."

대찬은 무척 기대되었다.

대찬과의 협상 결과를 보고받은 정부에서는 두 패로 나뉘어 한참 갑론을박하며 팽팽하게 대립하고 있었다.

"말도 안 됩니다. 한인들의 영토가 될 땅에 정부 자금을 사용하다니요! 당장 모든 것을 중지하고 철회해야 합니다!"

"강력하고 믿음직스러운 우방이 될 수 있는데 조금 손해를 보더라도 밀어주어야 하지 않겠습니까?"

"굳이 그런 민족을 우방으로 삼을 필요가 있습니까? 특히 국가도 없는 자들을요."

"국가가 없다고는 하지만 그들의 저력을 무시할 수는 없습니다. 지금 상황에서도 5만이 넘는 대규모 군을 운영하고 있습니다. 특히 한인들이 본래 영토였던 반도와 인접 지역인 연해주를 소유하게 됨으로써 세력이 눈덩이처럼 불어날 것이 명백합니다."

"허, 그럼 나중에 자금이 부족할 때 우리에게 손을 벌리지 않겠습니까?"

반대 의견을 내던 사람은 몇 가지 서류를 펼쳐 보여 주었다.

"정보부가 수집한 정보입니다. 국내외를 모두 포함해 적지 않은 돈이 지원되고 있음을 알 수 있습니다. 특히 샌프란시스코의 존이 상당한 지원을 하고 있지요."

"그자는 미국인이 맞습니까? 어째서 그렇게 많은 돈을 해외에 보내고 있는 겁니까?"

"허, 존은 지원하는 금액보다 훨씬 많은 금액을 미국에서 사용하고 있습니다. 그것도 존의 개인 자금을 말이지요."

포개져 있던 서류 중에 대찬과 관련된 것을 찾아 눈앞에 내밀었다.

"허, 좋습니다. 그렇다면 우리가 얻는 이익은 뭡니까?"

"러시아의 태평양 진출을 막을 수 있고, 일본도 충분한 견제가 됩니다."

"그 때문에 일본과 협정을 통해서 러시아를 막지 않았습니까? 그런데 이제 와서 일본을 견제하다니요. 우리와 잘 지내고 있는 일본이 무슨 문제가 됩니까?"

"중국 때문이지요."

"중국?"

"일본의 행보를 알고 계시지요?"

"물론 잘 알고 있습니다."

"지도를 잘 보십시오."

"무엇을 말하는 것이오?"

사내는 일본의 세력도를 그리기 시작했다.

"현재 일본이 미치는 영향력을 대충 이 정도라고 생각하면 됩니다."

"음……."

"독일의 이권을 챙기고 중국과 21개조 협정을 맺은 이후 기존의 이 정도의 세력에서 이렇게 되었습니다."

만주와 산둥성을 포함하자 기존 영역의 두 배 이상 넓어졌다.

"귀하가 하고자 하는 말이 무엇이오?"

"일본은 더 이상 영역을 넓힐 곳이 없습니다."

"⋯⋯!"

"우리가 왜 일본과 협정을 맺고 필리핀을 차지했는지 기억하시지요? 바로 식민지 개척의 후발 주자이기 때문입니다. 그런 후발 주자에 일본 역시 포함되어 있습니다. 그런데 한국을 차지하고 기회를 틈타 독일의 중국 이권을 다 차지했고, 21개조로 세력도 어느 정도 넓혔습니다. 그런데 중국은 이번 일로 반일 감정이 상당해졌지요. 그렇다면 과연 일본은 차지해도 반란을 일으킬 중국을 계속해서 야금야금 차지할까요, 아니면 쉽고 새로운 식민지를 찾으려 할까요?"

"그럼!"

"네, 저는 때가 되면 가장 가까운 필리핀을 보고 군침을 흘릴 것이라고 생각합니다."

"허, 하지만 지금 하는 이야기는 다 가설이 아닙니까?"

"맞습니다. 하지만 가능성은 충분하지요. 그리고 일본이 중국을 계속해서 먹어 치우지는 못할 것인데, 그건 바로 열강들 때문입니다."

아메리칸
드림

"확실히……."

중국에는 모든 열강들의 이권이 개입돼 있었다.

독일이야 현재 적성국이기 때문에 그 이권을 독차지할 수 있었던 일본이지만, 이 과정에서도 여러 열강들에게 철수하라는 압박을 받았었다.

"허, 그럼 일본을 견제하기 위한 수단으로 한인들을 지원해 줘야 한다는 말이오?"

"중국을 선택하고 일본에 대항마로 지원해 줘도 되겠지만……."

중국은 1913년 6월에 위안스카이가 국민당 계열 도독 3인을 파면하자, 국민당을 비롯한 쑨원과 진기미 등은 '공화정 수호'를 위해 봉기를 했고 한창 내전이 진행 중이었다.

"다른 국가는 없습니까?"

"동북아시아에는 삼국을 제외하고는 다른 국가가 없더군요."

사내는 고개를 저었다.

"허, 이런……."

"결국 중국을 제외한다면 선택할 수 있는 것은 한인들뿐입니다."

"좋습니다. 다 받아들일 수 있지만 앞으로 진행 과정에 소모되는 비용을 정부에서 댄다는 것은 인정할 수 없습니다."

"이걸 보고 결정하셔도 될 것 같습니다."

사내는 서류 하나를 더 꺼내 보여 주었다.

"허."

그 서류는 대찬이 작년 한 해 동안 냈던 세금 내역서였다.

"그리고 이건 올해 낸 세금 내역서입니다."

사람들은 일목요연하게 정리된 서류를 쭉 훑어보고는 말을 잃었다.

"예산을 넉넉하게 만들어 준 주역 중에 한 사람입니다."

"……."

"어떻게 생각하십니까?"

따르릉.

늦은 시간 초조하게 기다리고 있던 사내는 전화가 울리기 무섭게 수화기를 들었다.

"여보세요?"

ㅡ아직 안 자고 있었는가?

"그렇습니다. 결과는?"

떨리는 목소리로 물었다.

ㅡ계속 진행하게!

"오, 하느님 맙소사!"

사내는 자신이 세상 그 어느 누구보다 행복하다고 느꼈다.

ㅡ푹 쉬도록 하게.

"감사합니다."

아메리칸
드림

걱정이 사라지자 긴장이 풀리고 온몸이 노곤해지기 시작
했다.

따르릉.

경쾌한 마음으로 수화기를 들었다.

"여보세요."

─아, 존입니다. 저, 생각을 해 봤는데…….

"마침 전화 잘 주셨습니다."

─제가 먼저 말할게요. 아무리 생각해 봐도 4천만 달러는 너
무 비싸…….

"그, 그게 정부에서 4천만 달러만 제공하면 된다고 합니
다."

─그래요? 그래도 너무 비싸다는 생각이…….

"이미 다 협의가 되지 않았습니까?"

사내가 울상인 얼굴로 괴롭게 말을 이었다.

─그렇죠? 아, 그럼 알겠습니다.

전화가 끊기자 잠깐 사이에 사내의 얼굴은 한층 더 퀭하게
변했다.

따르릉.

"여보세요?"

─존인데요.

"더 이상은 저도 방법이 없습니다. 제발 살려 주세요."

─엥? 왜 그래요? 잘 자라는 말을 잊어서 전화한 거예요.

"……."

─그럼 내일 보도록 해요.

"……."

사내의 눈에서 눈물이 흘렀다.

🎩

"하하하하."

한바탕 신나게 웃었다.

"이런 일이 있었다고 소문이 나야 앞으로 협상에서 수월할 거니까. 그래도 미안하기는 하네."

대찬은 정부 인사를 일부러 더 괴롭혔다. 수시로 전화하고 자꾸 말을 바꾸고 했던 것은 또 이런 일이 있을 때 사전 정보에 상대하기 까다로운 사람이란 인식을 만들어 주고 싶었다.

"얼마나 성공할지는 모르겠지만, 앞으로 나오는 사람들은 상당히 긴장하겠지."

살짝 긴장만 하더라도 대찬의 의도는 성공한 것이다.

"일단 4천만 달러로 모든 상황이 종결될 수 있을 것 같네."

포기하려고 했던 연해주다. 꽤 많은 돈을 들여 할양받을 수 있게 되었지만, 그다지 돈이 아깝다는 생각이 들지는 않았다.

'다음 기회가 생기리라는 보장도 없고, 기회가 생기더라도

백 퍼센트 할양받을 수 있을지 확신할 수 없으니까 겸사겸사 잘됐지.'

곧 있을 적백 내전으로 더 싸게 할양받을 수 있는 기회가 생겼겠지만 충분히 만족스러웠다.

박애주의자였던 알베르토 슈바이처는 그는 아내 헬레네 브레슬라우와 함께 흑인을 위한 의료 사업에 평생을 바치기 위해 모든 직책에서 물러나 아프리카의 보츠와나라는 곳에서 무상 의료를 하고 있었다.

오지인 그곳에도 어김없이 전쟁 소식은 전해졌고 슈바이처는 침울했다.

그 무렵 아프리카 사람들은 전쟁을 벌일 때 아이들이나 여자들은 죽이지 않고 저항하지 않은 자는 건드리지 않으며 승자는 패자에게 보상금으로 가축을 주었는데, 하루는 아프리카인들과 전쟁에 대한 이야기를 했다.

아프리카인은 '백인은 전쟁을 하면 몇 명이나 죽습니까?'라고 물었고 슈바이처는 솜 전투를 생각했다.

"당신이 생각하는 가장 많은 수가 죽습니다."

슈바이처는 끔찍한 전쟁으로 수십만 명이 죽어 나가고 있었기에 그 숫자를 입에 담고 싶지 않았다.

그러자 아프리카인들이 말했다.

"그럼 백 명도 넘게 죽입니까? 백인은 너무나도 잔인하군요."

"백인은 부자로군요. 그 많은 사망자들에게 보상을 해 줘야 할 테니까요."

이런 답변이 돌아와 슈바이처는 더더욱 할 말이 없었다.

♣

기존에 운영하던 사업체들이 각각 확장을 시작하면서 많은 직원들이 생기게 되었다. 그러자 샌프란시스코가 좁다고 느껴지는 기업들은 각자 유리하다고 판단되는 곳으로 자리를 옮기기 시작했는데, 어느샌가 각 지역을 대표하는 기업체가 되기 시작했다.

대찬은 한쪽 벽에 캘리포니아 지도를 가져다 놓고 어느 지역에 어떤 업체가 들어가 있는지 알아보기 편하게 표시해 두었는데, 제법 캘리포니아를 알차게 사용하고 있었다.

"스포츠 사업을 해 볼까?"

소유하고 있는 기업만 수십 개다. 실업 팀을 하나씩만 만든다 하더라고 하나의 리그를 운영할 수 있는 팀을 만들기는 충분했다.

"메이저리그의 구단을 사고 싶기는 하지만……."

선수들도 인종차별로 인해서 따로 독립된 리그에서 활동하고 있었는데, 유색인종 구단주를 다른 구단의 구단주들이 동료로서 인정하고 받아 주지 않을 것은 뻔했다.

"차라리 만드는 게 속 편하지. 근데 축구? 야구? 뭘 하지?"

미국을 대표하는 구기 종목 스포츠는 두 가지였다.

미식축구와 야구.

"근데 이 시대에도 야구를 좋아할까?"

야구를 하기로 마음을 먹자 대찬은 뭐부터 해야 될지 고민했다.

"야구장, 야구용품…… 뭐가 많이 필요하네?"

회귀 전에 야구를 좋아했기에 야구 리그를 만들고 싶었지만, 준비해야 할 것들을 하나씩 따져 보자 한두 가지가 아니었다.

"반면에 축구는……. 공, 신발 이게 끝이네? 축구를 먼저 해야 하나?"

리그를 만들려고 하는 건 여가생활을 위한 것도 있었지만 애사심과 지역 사랑을 키우기 위한 점도 있었다.

"그냥 스포츠는 다 해?"

프로 스포츠의 아버지로 불려도 괜찮겠다는 생각이 들었다.

"쩝, 일단 축구부터 하고 차근차근 늘려 가야지."

한꺼번에 많은 일을 벌일 생각을 하자 덜컥 겁이나 일단 축구 리그부터 만들 생각을 했다.

대찬은 지시를 내려 사업체당 축구팀을 하나씩 만들도록 했다.

"지금부터 시작하면 백 년 역사를 가진 리그와 팀들이 되겠지? 그리고 리그 설립자는 바로 나지!"

백 년 뒤에도 자신의 이름이 기억될 것이라는 짜릿함에 기분이 좋아졌다.

　　　　　　　　　　⬥

데라우치 마사타케는 일본의 제18대 수상으로 취임하였고 군에서는 육군 원수로 승진, 그의 내각에선 대장성과 외무성의 대신을 겸임하였다.

"러시아에서는 뭐라 답변하던가?"

"6천만 달러를 제안하였습니다."

"음…… 여러분 생각은 어떻습니까?"

"재정은 충분합니다."

"쓸모없는 땅이기는 하지만 나쁘지는 않을 것 같습니다."

"사할린 북쪽에 자리 잡고 있는 반란군을 견제하기 좋은 지역이라고 생각합니다."

팽창주의를 지향하는 데라우치는 미국에서 들어오는 정보

를 입수했고 대처 방안을 생각하다가 차라리 연해주를 구입하는 방향을 생각해 보았다.

"그만큼의 자금이 빠져나간 다음에 일어나는 문제점은 무엇인가?"

"해군 함정의 취역의 속도가 늦어질 것 같습니다."

"연해주와 군함을 비교했을 때 우선해야 되는 것은?"

"아무래도 우리 해군에서는 군함이 우선입니다."

"육군 참모장."

"하!"

"자네 생각은 어떤가?"

"현재 사할린의 반란군은 문제가 되지 않습니다. 하지만 연해주가 저들 손에 들어간다면, 좋지 않은 상황으로 변할 것은 너무도 당연합니다."

"흠…… 해군에서 양보할 수 있겠나?"

"내년 예산을 집행하실 때 해군의 편의를 봐주신다고 약속해 주시겠습니까?"

"약속하네."

"하! 명령에 따르겠습니다."

"좋아, 그렇다면 연해주 구입을 위해 러시아와 협상을 진행하도록 한다."

"하!"

러시아와 일본이 연해주를 두고 협상에 들어갔다는 게 미국의 첩보망에 걸렸고 소식은 대찬에게도 전해졌다.

"일본이 연해주를 할양받으려 한다고요!"

"사실입니다."

믿고 싶지 않은 사실이었다.

"러시아와 일본은 사이가 좋지 않은 것으로 알고 있는데요?"

"영원한 적은 없지 않습니까?"

국제 관계는 과거의 관계가 좋지 않다고 대화를 단절하거나 서로 마주 보지 않는 것은 아니었다. 불편하더라도 정치적 목표를 달성할 목적으로 대화의 창구는 항상 열어 놓고 있었다.

"혹시 협상 금액을 알 수 있을까요?"

"첩보에 의하면 현재 우리와 협상하고 있는 액수보다 훨씬 많은 금액으로 협상이 진행 중이라고 합니다."

"그러니까, 그 금액이 얼마입니까?"

"대략 6천만 달러 정도 되는 것 같습니다."

"6천만……."

"상황에 따라서 더 높거나 혹은 더 낮을 수도 있다고 합니다."

"그런데 일본은 이번 일에 손 뗀 것이 아니었습니까?"

"새로 수상이 된 데라우치가 적극적으로 연해주를 할양받기를 원했다고 합니다."

"정부에선 지금 사태를 어떻게 보고 있습니까?"

대찬은 계속해서 시일을 늦춰 이런 상황을 만들어 낸 미국 정부에 대해 은연중에 항의한 것이다.

'진작 마무리할 수 있는 일이었는데!'

"지금 이대로 진행된다면 연해주는 일본에 할양될 것이라는 판단입니다."

'멍청아, 그걸 물어보는 게 아니야!'

듣고 싶은 대답은 일이 틀어지기 전에 빨리 해결하자는 말이었다.

"정부에서는 협상을 어떻게 진행할지 결정해 주길 바라고 있습니다."

'끄응, 또 이런 식이네······.'

답답함에 짜증이 났다.

'연해주를 일본이 할양받는다면······.'

끔찍한 일이 벌어질 것이 눈앞에 선했다. 그런 일을 만드느니 차라리 러시아 소유의 영토인 것이 나았다.

'이렇게 되면 무조건 할양을 받아 와야 하는데, 개인이 국가를 상대로 자금에서 이길 수 있을까?'

지금 상황에서는 어떻게든 러시아와 적극적으로 협상해서

연해주를 할양받아야 하는데, 대찬이 최대한 융통할 수 있는 금액은 1억 달러였다.

"동등한 조건에서 협상한다면 할양받을 확률이 어떻게 되나요?"

"백 퍼센트 확신할 수 있습니다."

자신만만한 표정으로 장담하였다.

'한 대 치고 싶다!'

"이만하면 제 의사가 전달된 것 같군요."

"알겠습니다."

사내와 헤어지고 나서 대찬은 잔뜩 성난 얼굴이 되었다.

"아우! 쪽발이 새끼들 때문에 되는 일이 없네!"

교묘하게 훼방 놓는 일본에게 좋은 감정이 생길 리 없었다.

'어떻게 좀 아껴 보고 호구 탈피 하나 싶었는데…….'

입안이 썼다.

♣

협상은 날이 갈수록 치열해지고 있었다.

"조선인들의 저력이 놀랍구면!"

데라우치는 혀를 내두르며 한인들의 자금력에 놀라고 있었다.

아메리칸
드림

"이대로라면 연해주를 할양받기에 어려움이 많을 것으로 예상됩니다."

"쯧쯧, 정부에서 출자할 수 있는 자금은?"

"최대 7천만 달러입니다."

"그것으로 할양을 장담할 수 있겠나?"

"죄송합니다."

다시 한 번 혀를 찼다.

"민간 출자를 한다면?"

"가능할 것으로 보입니다."

"흠……."

데라우치는 수상 관저에서 창밖을 내다보며 고민하다 이내 마음을 굳혔는지 고개를 끄덕였다.

"내각회의를 소집하게나."

"하!"

워싱턴.

우드로 윌슨은 일이 점점 커지고 있음을 느꼈다.

"도대체 일본은 무슨 생각인 겁니까?"

쉽게 생각했던 처음과 달리 지금은 협상에서 오르내리는 금액이 상상을 초월하고 있었다.

"필리핀을 할양받을 때 스페인에 지불했던 금액이 2천만 달러였습니다. 그런데 연해주라는 땅이 7천만 달러의 가치가 있습니까?"

좌중은 쉽게 대답하지 못하고 있었다.

"누가 말 좀 해 보세요!"

"저, 각하."

윌슨의 시선을 받자 사내는 잔뜩 긴장한 채 말했다.

"현재 열강들이 일본을 보는 시선이 곱지 않으니 이를 이용해서 압박해 보시는 것이 어떻겠습니까?"

"자세하게 설명해 보세요."

사내는 떨리는지 크게 심호흡을 했다.

"일본이 중국의 독일 이권을 독차지하고 나서 동맹인 협상국들로부터 큰 반발이 있었습니다. 그리고 지금은 러시아와 협상을 통해 연해주를 차지하려고 하는데, 지금 진행 중인 협상을 열강들에 적극적으로 알리고 아시아에서 일본의 영향력이 너무 커지는 것을 막아야 한다고 설득하는 거죠. 이를 명분 삼아 우리와 협상해야 한다는 분위기를 조성해야 한다고 생각합니다."

전쟁은 한창 진행 중이었지만 이득을 챙긴 국가는 두 곳이었는데, 미국과 일본이었다. 미국은 중립을 표방하며 전쟁에 참가하고 있지 않았지만 협상국들은 미국을 참전시키기 위해 노력하고 있었고, 반대로 동맹국은 미국이 참전하지 않도록 갖은 노력을 다 하고 있었다.

반면 협상국의 동맹에 속하는 일본은 멀리 아시아에 홀로 떨어져 있었기에 동맹국의 모든 이권을 독차지하고 있었고 아시아에는 이제 딱히 적이라 부를 만한 세력도 존재하지 않았다.

사내는 이러한 협상국들의 불만을 이용하자고 건의했다.

"여러분들은 어떻게 생각합니까?"

"충분히 가능성 있다고 생각합니다."

좌중은 고개를 끄덕이며 좋은 의견이라고 말했다.

"좋습니다. 그럼 프랭클린."

"네!"

"자네는 정보부, 외교부와 협심해서 일을 진행해 보게."

"알겠습니다."

♣

"골치 아파 죽겠네."

별다른 소식 없이 하염없이 시간만 지나가자 대찬은 피가 마르는 심정이었다. 다른 해외 정보에 대해서는 정보 카르텔을 통해 얻을 수 있었지만, 지금처럼 은밀하게 진행되는 일은 어떠한 정보도 입수할 수 없어 답답함이 더했다.

따르릉.

"여보세요."

―손녀사위, 요즘 힘들다고?

"소식 들으셨어요?"

―미국은 참 넓은데 이럴 때는 참 좁은 것 같지 않은가?

"그러게요. 벌써 동네방네 소문 다 난 것 같네요."

―인기 탓을 하게나.

"인기요? 하하, 어쩐 일이세요?"

―돈이 필요하지 않을까 싶어서 전화했네.

일본과 경합으로 협상 금액이 눈덩이처럼 불어나고 있었다.

"아직까지는 괜찮아요. 그런데 빈털터리가 되게 생겼어요."

―어차피 금방 회복할 수 있으니 크게 신경 쓰지 말게나.

피식 웃음이 났다.

'1억 달러가 언제부터 금방 회복할 수 있는 돈이었지?'

대찬은 존의 말에 수긍하고 있는 자신의 모습에 놀라 격세지감을 느꼈다.

"회복은 할 수 있는데 금방 회복할 수 있을 거란 생각이 들지는 않네요."

―실없는 소리 말게. 올해 지나고 내년 중반쯤 되면 다시 원상 복귀될 거라고 장담하지.

"어떻게 장담하세요?"

―솔직히 말해 자네 지금도 재산이 많이 불어나 있을 텐데?

사실이었다. 지금 이렇게 통화하고 있는 시간에도 대찬의 재산은 계속해서 증가하고 있었다.

―자네, 알고 있나?

"뭘요?"

―이런 말이 있지. 동부에서는 몇 개의 가문이 돈을 나누어서 벌고 있지만, 서부에는 오로지 단 한 명만 돈을 벌고 있다.

"에이, 설마요."

―서부에 자네와 비견할 만한 사람 있으면 나에게 좀 알려 주게.

"하, 하하, 그게……."

―하하, 자네 솔직히 돈 걱정은 안 하고 있었잖은가?

"맞아요."

돈에 민감하게 굴긴 했었지만 대찬은 그다지 부담스럽지도 아깝지도 않았다.

'살짝 돈에 초탈해지기는 했지.'

아무리 써도 마르지 않는 샘물처럼 지금까지는 쓰는 돈보다 벌어들이는 돈이 훨씬 많았다.

'처음으로 올인이라는 걸 해 보네.'

다만 이번에는 가지고 있는 현금 재산을 전부 투자한다는 게 달랐다.

"그런데 정말 돈 빌려주시려고 전화하신 거예요?"

－아니네. 사실 일본에서 정보 하나가 입수됐는데, 자네가 알아야 될 것 같아서 전화했네.

"뭔가요?"

－일본에서 민간 자본까지 출자한다고 하더구먼.

"네?"

－우연한 기회에 정보가 들어왔는데, 아마 지금쯤 미국 정부도 알고 있을 게야.

얼굴이 잔뜩 찌푸려졌다.

"좋은 소식은 아니네요."

－미안하네. 이왕이면 좋은 소식이었으면 좋았을 터인데.

"아니에요. 지금 정보만으로도 충분히 감사합니다."

－돈이 필요하면 언제든 연락하게. 손녀사위가 기죽어서는 안 되지.

"감사해요."

－하하, 그럼 또 통화하세.

신뢰할 수 있는 우군이 있다는 사실은 언제나 대찬을 든든하게 만들었다.

전쟁으로 인해 세상에서 가장 돈이 많은 나라는 미국이었다. 그리고 가장 많은 수입을 올리는 사람 중에는 대찬이 있었다.

"일본이 돈으로 덤비겠다고? 콜!"

돈으로는 자신감이 넘쳤다.

아메리칸
드림

개전 이래 러시아 제국의 군사작전은 철저하게 프랑스의 서부 전선에 대한 압력을 덜어 주는 것에 초점을 두었다. 이는 최소한의 전력으로 러시아를 막고 전력으로 프랑스를 무너트린다는 독일의 서부 전선 중시 전략에 따른 것으로, 탄넨베르크 전투의 참패 이래 러시아는 동부 전선에서 독일을 상대로 적극적인 공세를 하지 못했다.

반면, 동부 전선의 남부를 맡고 있던 오스트리아를 상대로는 성공적인 공세를 펼쳤고, 오스트리아 영내 깊숙이 진격할 수 있었다.

이에 위기의식을 느낀 오스트리아는 독일과 공동으로 1915년 동부 공세를 펼쳐 러시아군에 심각한 피해를 입히고 잃어버린 오스트리아 영토를 거의 대부분 탈환했다. 거기에 더해서 러시아 제국령 폴란드와 벨로루시 일대를 장악하였다.

러시아군은 이러한 상황을 뒤집기 위해 작전을 계획했다.

먼저 북부 전선 빌나에서 독일을 공격하였지만 성공하지 못했다. 이에 독일군이 맡은 북부 전선에서의 공세를 포기하고 대신 오스트리아가 맡은 남부 전선으로 대규모 공세를 계획했다.

남서집단군 사령관으로 임명된 알렉세이 브루실로프는 후

방에서 쏟아지는 대규모 병력과 화기 지원을 받으며 차근차근 전력을 증강시키며 오스트리아군의 허점을 찾고 있었다. 그 결과 오스트리아군이 이탈리아 전선에서의 공세를 위해 열 개가 넘는 사단을 빼며 전선에 공백이 생겼다는 것을 첩보를 통해 간파했다.

6월 4일, 오스트리아군을 상대로 전 전선에 걸쳐 러시아군의 일제 포격이 개시되었다. 이것으로 브루실로프 공세의 막이 올랐다.

러시아군은 꾸준한 항공정찰과 관측으로 이미 오스트리아군 참호선의 중요 시설과 취약점의 위치를 파악한 상태였다. 이어진 정확하기 그지없는 포격으로 오스트리아군 참호선은 곳곳에서 기능이 마비되었다.

포격이 끝나는 것과 동시에 브루실로프는 충격 부대[Shock Troops]라 불리는 특임대들을 방어선 곳곳으로 침투시켜 오스트리아군을 강타했다.

불과 공세 며칠 만에 오스트리아군 참호선 곳곳에 커다란 구멍이 뚫렸고 러시아군은 성공적으로 방어선을 돌파하며 서진했다.

약 일주일 만에 오스트리아군은 약 20만여 명에 달하는 인명 피해를 입고 전선이 붕괴되는 수준에 이르렀다. 그리고 공세 약 2주 만인 6월 18일에는 부코비나를 점령하며 오스트리아-루마니아 국경 일대를 제압하는 데 성공했다.

이 모습을 근거리에서 지켜보던 루마니아는 남쪽 불가리아의 위협, 동부 전선에서 계속 죽을 쑤는 오스트리아, 장기전이 되면서 점차 동맹국이 불리해지는 전황 등을 토대로 전리품 획득을 위해 늦게라도 참전하기로 결정했다.

결국 8월 27일, 3년 동안 중립을 지켜 온 것을 포기하고 브루실로프의 공세를 틈타 오스트리아에 선전포고를 했다.

한편 참호전의 연속이던 솜 전투에 영국군 최초의 전차인 마크 1이 투입되었다.

9월 15일 전선을 돌파하기 위해 투입이 됐지만 전투에만 쓸 만할 뿐 전선 돌파에는 큰 도움이 되지 못했다. 평지에서 겨우 시속 6킬로의 속도에 결함투성이였고 가장 중요한 점은 참호를 지나가지 못한다는 것이었다.

하지만 마크 1은 첫 전투의 결과물로 독일군 포로를 3백 명이나 사로잡았는데, 멀리서 총알을 막아 내는 거대한 기계가 다가온다는 것이 많은 심리적 충격을 주었기 때문이었다.

to be continued

꿈의 도약, 로크에서 하십시오
(주)로크미디어에서 신인 작가를 모십니다

즐거운 세상, 로크미디어는 꿈을 사랑하고 도전을 두려워하지 않는 작가 분들의 참신한 작품을 기다리고 있습니다. 21세기 장르 문학계를 이끌어 갈 차세대 선두 주자 (주)로크미디어에서 여러분의 나래를 활짝 펴 보시길 바랍니다.

모집 분야 판타지와 무협을 포함한 장르 문학
모집 대상 아마추어 작가, 인터넷 작가
모집 기한 수시 모집

작품 접수 시 유의 사항

1. 파일명은 작가명_작품명.hwp형식을 갖춰 주십시오.
1. 파일에 들어갈 내용은 다음과 같습니다.
   - 성명(필명인 경우 실명을 밝혀 주세요), 연락처, 이메일 주소.
   - 제목, 기획 의도.
   - A4용지 1장 분량의 등장인물 소개.
   - A4용지 2장 분량의 전체 줄거리.
   - 본문.
1. 작품이 인터넷에 연재되고 있다면, 게시판명과 사이트의 구체적이고 정확한 주소를 기재해 주십시오.

선택된 작품은 정식 계약 후 출판물로 간행되어 전국 서점에 유통됩니다.
작가 분은 (주)로크미디어의 전폭적인 지원하에 전속 작가로 활동하시게 됩니다.
※ 자세한 내용은 로크미디어 홈페이지(rokmedia.com)를 참조하세요.

(140 – 133)서울시 용산구 원효로97길 46 진여원빌딩 5층
(주)로크미디어 편집부 신간 기획 담당자 앞
전화 : 02 – 3273 – 5135
www.rokmedia.com   이메일 : rokmedia@empas.com

총상금 3억7천만원

대한민국
웹 소 설
공모대전

문피아에서 주최하는
제1회 대한민국 웹소설 공모대전

당신의 상상력
문피아에서 하나의 세계가 됩니다

접수기간 · 2015년 3월 16일 ~ 2015년 5월 15일
참가방법 · 문피아 홈페이지(www.munpia.com) 참조

AMERICAN DREAM

금선 장편소설

아메리칸 드림

**아메리칸드림과 독립을 한꺼번에!
더 이상 대한민국에 흑역사는 없다!**

대한민국 특전사 강대찬
1903년 하와이의 어린아이가 되다!

하와이 이민자들의 힘든 삶
인종차별, 망국의 설움을 극복하고자
어린 나이지만 사업을 시작한 대찬
종이컵, 냉장고, 라디오부터 관광호텔, 유통, 군수 사업까지
돈 되는 특허와 사업은 싹쓸이해
미국의 돈이란 돈은 다 쓸어 담는데……

**아메리카가 별거냐!
한번 돈지랄 좀 해 볼까?**